Os Responsórios da Procissão

Título:
Os Responsórios da Procissão

Tradução: Jorge Melícias

Revisão: João Moita

Capa: FBA

Depósito Legal n.º

Biblioteca Nacional de Portugal – Catalogação na Publicação

SAINT-POL-ROUX, 1861-1940

Os Responsórios da Procissão. – (Rosa esquerda)
ISBN 978-972-44-2552-8

CDU 821.133.1-1"18/19"

Paginação:
MA

Impressão e acabamento:
???????

para
EDIÇÕES 70
Março 2022

EDIÇÕES 70, uma chancela de Edições Almedina, S.A.
LEAP CENTER – Espaço Amoreiras
Rua D. João V, n.º 24, 1.03 – 1250-091 Lisboa – Portugal
e-mail: editoras@grupoalmedina.net

Saint-Pol-Roux

Os Responsórios da Procissão

SELEÇÃO, TRADUÇÃO E NOTAS

Jorge Melícias

70

INDICE

LA ROSE ET LES ÉPINES DU CHEMIN
(1901)

ÍNDICE

A ROSA E OS ESPINHOS DO CAMINHO
(1901)

DE LA COLOMBE AU CORBEAU PAR LE PAON
(1904)

LES FÉERIES INTÉRIEURES
(1907)

DA POMBA AO CORVO ATRAVÉS DO PAVÃO
(1904)

OS MARAVILHOSOS MUNDOS INTERIORES
(1907)

LA ROSE ET LES ÉPINES DU CHEMIN

(1901)

A ROSA E OS ESPINHOS DO CAMINHO

(1901)

des aurores et des couchers de soleil ; voilà passer aussi des coups de poignards, des éclairs et des tonnerres, des bandes de voleurs, des batailles, des naufrages, des flammes de l'enfer, des dents de loup, des serres d'épervier, des cous de girafe, des trompes d'éléphant, des gueules de lion, des vautours et des tigres, des serpents et des caïmans, des requins et des baleines, des croquemitaines et des léviathans.

Tel ou tel songe, on peut en deviner la tête hospitalière.

Ces flammes de l'enfer, parmi lesquelles un diable vert brandit sa fourche, proviennent, à n'en pas douter, du taudis de ce terrassier qui bat sa femme et ses petits.

Cette baleine sort de dessous les cheveux blonds de ce marmot qui demain sera mousse, et ce naufrage de dessous les cheveux blancs de sa tremblante mère-grand.

Du seuil de la mendiante Catherine ruisselle un convoi de chariots pesants de sacs d'écus et de pierres précieuses.

Du cœur pensant des jeunes filles s'évaporent des jolis garçons frisés comme sur l'image où le prince de velours se fiance avec la bergère de bure.

De l'école des Sœurs s'acheminent les douze stations d'un chemin de la croix, des vitrines de médailles, des étalages de madones.

Du front de l'instituteur voyez s'ensauver cette distribution de prix et de discours à M. le Ministre en tournée.

Du presbytère c'est l'essaim de belles filles nues des «Tentations de saint Antoine» qui s'envole, marries de leur échec auprès du vieux curé, qui bientôt va se métamorphoser en scarabée pour la petite messe du matin.

De chez la dévote part le trousseau radieux des Clefs du Paradis.

Une barque clandestine dévale de la guérite où s'oubliait à ronronner le douanier de garde sur la cale, barque dans laquelle rame, en redingote très moderne, couronne au chef, un prétendant au trône de France.

também punhaladas, relâmpagos e trovões, bandos de salteadores, batalhas, naufrágios, chamas do inferno, dentes de lobo, garras de falcão, pescoços de girafa, trombas de elefante, focinhos de leão, abutres e tigres, serpentes e crocodilos, tubarões e baleias, bichos-papões e leviatãs.

Através deste ou daquele sonho, conseguimos adivinhar a cabeça hospitaleira.

Essas chamas do inferno, entre as quais um diabo vem brandir a sua forquilha, provêm, sem dúvida, do tugúrio desse cabouqueiro que bate na mulher e nos filhos.

Esta baleia sai de baixo dos cabelos louros desse fedelho que amanhã será espuma, e esse naufrágio, de baixo dos cabelos brancos da sua trémula avó.

Do átrio da pedinte Catherine, brota um cortejo de carroças carregadas de sacos de moedas e de pedras preciosas.

Do coração sonhador das raparigas, evolam-se os belos rapazes de cabelos encaracolados, como no quadro em que o príncipe de veludo fica noivo da pastora de burel.

Da escola das Irmãs, encaminham-se as doze estações de uma via-sacra, vitrinas de medalhas, mostruários de madonas.

Da fronte do mestre-escola, vede evadir-se esta repartição de prémios e de discursos para o Sr. Ministro em digressão.

Do presbitério, é o enxame de belas raparigas nuas das «Tentações de Santo António» que levanta voo, queixosas dos seus fracassos junto do velho cura, que em breve se vai metamorfosear em escaravelho para a pequena missa da manhã.

De casa da devota, parte o molho cintilante das Chaves do Paraíso.

Um bote clandestino esgueira-se da guarita onde se desleixava na monotonia a sentinela de serviço ao porão, bote no qual rema, numa sobrecasaca muito moderna, coroa de líder, um pretendente ao trono de França.

Cette prise de Malakoff jaillit de la demeure du garde champêtre. D'où débagoulent ces barriques de vin et ces dames-jeannes d'alcool ? Eh pardi ! de la crèche où le vieil ivrogne cuve son salaire !

— «Cocorico !»

Défilent encore, pêle-mêle d'un carnaval unique, des orgies de fleurs, un pensionnat de poupées, des nids d'oiseaux, des singes, des négrillons, des pyramides de blé, des collines de beurre, des trésors découverts, une grosse caisse et des tambours, des premières communions, des tirages au sort, une troupe de saltimbanques, une douzaine d'oncles d'Amérique, plusieurs châteaux en Espagne, des grottes merveilleuses, un sabbat de squelettes, des escouades de phallus, un navire attaqué par des corsaires, des pages d'histoire, une danse d'anthropophages, des pêches miraculeuses, des mers de glace, des colères de Vésuve, une collision de locomotives, des voyages aériens et sous-marins, un paradis terrestre, un déluge universel, le Juif errant, deux fins-du-monde et trois jugements derniers.

— «Cocorico !»

Toute cette folle foire bariolée de la Chimère se hâte en tableaux de lanterne magique sur le linge étendu par l'aube et peu à peu se fond sous l'altière étoile du matin.

Dès lors les tons de la palette fantastique du sommeil retournent s'éparpiller à travers la Nature, qui derechef les absorbe et se les approprie. «Rien ne se perd, rien ne se crée.» La nuit, les couleurs de la vie s'effacent aux fins de s'utiliser aux abstractions du rêve ; le jour arrivé, elles reprennent leur office dans l'ordre des réalités, et le rouge de ces flammes infernales se restitue aux coquelicots, de même que les soies changeantes de cette cour impériale se travestissent en un pan de l'aurore qui jaillit, l'orgie de la métaphysique se réglementant dans les cadres et les classifications de la physique.

Esta tomada de Malakoff([1]) jorra da casa do guarda-florestal. De onde vem essa algazarra de barris de vinho e garrafões de álcool? É claro! do covil onde o velho bêbado coze o seu salário.

— Cocorocó!

Desfilam ainda, na confusão de um carnaval único, orgias de flores, um internato de bonecas, ninhos de pássaros, macacos, jovens pretos, pirâmides de trigo, colinas de manteiga, tesouros descobertos, um bombo e tambores, primeiras comunhões, lotarias, uma trupe de saltimbancos, uma dúzia de tios da América, vários castelos em Espanha, grutas maravilhosas, um sabat de esqueletos, esquadrões de falos, um navio atacado por corsários, páginas de história, uma dança de canibais, pescarias miraculosas, mares de gelo, cóleras de Vesúvio, uma colisão de locomotivas, viagens aéreas e submarinas, um paraíso terrestre, um dilúvio universal, o Judeu errante, dois fins-do-mundo e três juízos finais.

— Cocorocó!

Toda essa louca feira pintalgada de Quimera passa a correr em desenhos de lanterna mágica sobre a roupa estendida pela alvorada e pouco a pouco se funde sob a altiva estrela da manhã.

Desde então, os tons da fantástica paleta do sono voltam a espalhar-se pela natureza, que de novo os absorve e deles se apropria. «Nada se perde, nade se cria.» À noite, as cores da vida esbatem-se a fim de serem usadas nas abstrações do sonho; chegado o dia, retomam o seu ofício na ordem das realidades, e o vermelho dessas chamas infernais restitui-se às papoilas, tal como as sedas cambiantes desta corte imperial se transvestem num pedaço da aurora que nasce, enquanto a orgia da metafísica se regulamenta nos quadros e nas classificações da física.

La cloche du réveil angélise l'espace.

Le village s'étire, bâille, surgit, s'habille et tend la main, qui vers l'aiguille, qui vers le fuseau, qui vers le battoir, qui vers la houlette, qui vers la férule, qui vers le calice, qui vers la bouteille, qui vers le pis de vache, qui vers la corde du puits, qui vers la pioche, qui vers la charrue, qui vers l'aviron, qui vers le gouvernail, qui vers l'aumône, qui vers le bâton de pèlerin, qui vers l'ombre suprême.

Alors, du soleil plein le carrefour, je descends m'asseoir sur la borne où ne put s'asseoir le Juif errant et je cueille un bleuet qui fut peut-être l'œil joli de la blonde princesse à la robe de perles qui passa tout à l'heure en une apothéose de sourires.

O toque do despertador angeliza o espaço.

A aldeia espreguiça-se, boceja, surge, veste-se e estende a mão em direcção à agulha, em direcção ao fuso, em direcção à tábua, em direcção ao cajado, em direcção à vara, em direcção ao cálice, em direcção à garrafa, em direcção à teta da vaca, em direcção à corda do poço, em direcção à enxada, em direcção à charrua, em direcção ao remo, em direcção à roda do leme, em direcção à esmola, em direcção ao bordão de peregrino, em direcção à sombra suprema.

Então, da encruzilhada cheia de sol, eu desço para me sentar sobre o marco onde não se pôde sentar o Judeu errante e colho uma centáurea que foi talvez o bonito olho da loura princesa de vestido de pérolas que passou há pouco numa apoteose de sorrisos.

DEVANT DU LINGE ÉTENDU PARA MA MÈRE, AU VILLAGE

À Victor Groulhard.

Linge étendu par les bras roses de maman !

Primitive épreuve de la cuve aux cendres de sarment…
Œufs à la neige du savon…
Franches gifles du battoir…
Décisives caresses du puits…
Très pure corde allant de l'azerolier à ce trophée d'oreilles d'éléphant que semble le figuier…
Puis les épingles tutélaires…
Enfin, sur toutes ces candeurs flottantes, les lingots subtils du soleil vierge…

Linge étendu par ses bras roses !

Hosties…
Lins d'aube…
Nénuphars de brise…
Pages de pâquerettes…
Pans de lune…

DIANTE DA ROUPA ESTENDIDA PELA MINHA MÃE, NA ALDEIA

A Victor Groulhard.

Roupa estendida pelos braços rosados da mamã!

Primitivo teste da barrela no tanque...
Ovos na neve do sabão...
Francas pancadas na tábua...
Definitivas carícias do poço...
Uma simples corda indo da azaroleira a esse troféu de orelhas de elefante que se assemelha à figueira...
Depois as molas tutelares...
Por fim, sobre todas essas canduras flutuantes, os subtis lingotes do sol novo...

Roupa estendida pelos seus braços rosados!

Hóstias...
Linhos da aurora...
Nenúfares de brisa...
Páginas de malmequeres...
Pedaços de lua...

Parchemins aux vignettes d'insectes…

Linge étendu par ses bras roses !

Ingénue senteur de la lessive…
Cela monte ouvrir le colombier des souvenirs…
Et l'on perçoit des gestes blancs de revenants dans les mirages du jadis…
Et l'on savoure le bon lait des bercails révolus…

Linge étendu par ses bras roses !

Car c'est l'exposition, des œuvres simples des Mamelles de ma maison…
États d'âme de mes aïeules entre le laurier rose et l'olivier !…
Fil, émanais-tu de la quenouille ou des bandeaux sortis des capelines ?…
Serviriez-vous de trousseaux à la postérité, vénérables cheveux d'antan ?…

Linge étendu par ses bras roses !

Ô ces doigts de grand'mères sur ces balèvres de grand'mères !…
Salive laborieuse, est-ce toi qui dégoulines de ces toiles sur les verveines et sur les pastèques ?…
Braves fées qui filiez en songeant sous la treille l'été, l'hiver devant le feu de ceps, vos rêveries, sont-elles pas restées entre les mailles ?…

Linge étendu par ses bras roses !

Ô langes…
Ô tabliers…

Pergaminhos com vinhetas de insectos...

Roupa estendida pelos seus braços rosados!

Ligeiro aroma a roupa lavada...
Que faz abrir o pombal das recordações...
E vislumbram-se os gestos brancos dos que voltaram das miragens de outrora...
E saboreia-se o bom leite dos rebanhos passados...

Roupa estendida pelos seus braços rosados!

Porque é a exposição, obras simples das Tetas da minha casa...
Estados de alma dos meus bisavós entre o loureiro-rosa e a oliveira!...
Fio, emanas tu da roca ou das fitas saídas das capelinas?...
Serviríeis vós de enxoval para a posteridade, veneráveis cabelos de antanho?...

Roupa estendida pelos seus braços rosados!

Oh, esses dedos de avós sobre esses grossos lábios de avós!...
Saliva laboriosa, és tu que escorres dessas telas sobre as verbenas e sobre as melancias?
Boas fadas que fiais sonhando sob a trepadeira o Verão, o Inverno diante do fogo das videiras, os vossos devaneios, não ficaram eles entre as malhas?...

Roupa estendida pelos seus braços rosados!

Oh, cueiros...
Oh, aventais...

Ô rideaux...
Ô nappes des festins de famille où le plus vieux dit la prière...
Ô draps mis aux croisées lorsque passe la Vierge...
Ô suaires...

Linge étendu par les bras roses de ma mère !

Oh, cortinas...
Oh, toalhas de banquetes de família onde o mais velho diz a oração...
Oh, lençóis postos nas janelas quando passa a Virgem...
Oh, mortalhas...

Roupa estendida pelos braços rosados da minha mãe!

CHAPELLE DE HAMEAU

À Francis Jammes.

Sur champ de sinople.

Blanche aux tresses de lierre, emmi des tombes, elle s'élève telle une gardeuse d'oies gaillarde…

… le tout roidi par le temps.

Que j'en ai rencontré de ces vastes gardeuses — aux oreilles de confessionnal, à la poitrine comble de rosaires et de cantiques et de roucoulements d'harmonium — sous le hennequin de dentelle où nichent des campanes !

Celle-ci n'a que sur sa jupe de laine ferme une humble cornette, et que, pour bijoux, en dedans l'argentin liseron de l'enfant de chœur, en dehors le coq : vif épi du bonheur.

Combien, quoique roide, elle participe aux gestes d'alentour et les surveille et les console !

… Sous forme de cercueils et de béquilles, souventefois la pénétrèrent catastrophes et douleurs.

Que ne suis-je pas assez pur afin d'entrer, comme on entre dans une âme de promise !

Cependant tâchons de voir par son œil de rosace…

CAPELA DE POVOADO

A Francis Jammes.

Em fundo de sinople.

Branco com tranças de hera, no meio de sepulturas, ela ergue-se como uma alegre pastora de gansos...

... tudo endurecido pelo tempo.

Como tenho encontrado dessas grandes pastoras — com orelhas de confessionário, de peito cheio de rosários e de cânticos e de arrulhos de harmónio — debaixo do cónico chapéu([2]) de renda onde se aninham as campânulas!

Esta aqui tem apenas sobre a sua saia de lã forte uma humilde touca, e, como jóia, tem por dentro o prateado convólvulo do menino de coro e, por fora, o galo: viva espiga da felicidade.

Quantas vezes, pese embora a rigidez, ela participa das acções em redor e as vigia e as conforta!

... Sob a forma de caixões e de muletas, frequentemente a penetram catástrofes e dores.

Que eu não sou puro o suficiente para entrar, como entramos numa alma de noiva!

No entanto, tentemos ver pelo seu olho de rosácea...

Ô ce grandiose petit cœur qui bat au mitan, colombe d'espérance !

Mais voici la gardeuse en joie…

… tellement que son porche affecte un air de pan de jupe retroussé.

Soudain la joie craque d'un si fol rire que toutes ses quenottes volent s'épivarder sur la place, en jet de semence.

Et puérilement, je ramasse les dragées du baptême.

Fouesnant, octobre 1890.

Oh, esse grandioso pequeno coração que bate ao meia-dia, pomba da esperança!

Mas eis a pastora em júbilo...

... de tal forma que o seu pórtico dá um ar de aba de saia levantada.

Subitamente, a alegria rebenta num tão louco riso que todos os seus dentes voam a espalhar-se sobre a praça, em jacto de semente.

E, puerilmente, eu apanho os confeitos do baptismo.

Fouesnant, Outubro de 1890.

LE DÉSIR

À Touny-Lérys.

Il faisait vingt ans.

Enjolivé de mon amante, j'arrivai parmi des hommes qui tout de suite la convoitèrent.

Ève et moi, d'abord nous nous crûmes chaussés d'une chaloupe à la merci du noroît tant nous prenaient de formidables nausées, — la hideur de ces hommes tenant lieu d'épouvante.

L'un, bossu ; l'autre, pied-bot ; celui-ci, des yeux pourris ; celui-là, un chancre aux lèvres ; tel autre aux allures de bouc, et tel autre de squelette.

En cercle vif autour d'Ève, on eût dit l'assaut d'une fleur par une escouade de crapauds.

Or, ces hommes faiseurs de poèmes splendides parce que sans maîtresse (nulle femme n'osant associer sa rose à leurs pustules), ces hommes, en le rayonnement de mon amante, ciselèrent des strophes si parfaites que mon enthousiasme éclata comme la joie d'un cirque entier.

Un soir, escomptant une manifestation plus grandiose encore, j'insinuai :

— «Belle, fais-leur l'aumône de ton corps !»

O DESEJO

A Touny-Lérys.

Ele fazia vinte anos.

Adornado com a minha amante, cheguei entre homens que imediatamente a cobiçaram.

Eva e eu, primeiro julgámos estar calçados com uma barca à mercê da nortada, de tal forma sofríamos enormes enjoos — a fealdade desses homens à laia de pavor.

Um, corcunda; o outro, pé boto; este, com olhos podres; aquele, com uma úlcera nos lábios; esse outro com ares de bode; e um outro de esqueleto.

Numa roda-viva em torno de Eva, dir-se-ia o assalto de uma flor por um pelotão de sapos.

Ora, esses homens fazedores de magníficos poemas porque não tinham amantes (nenhuma mulher ousaria associar a sua rosa às pústulas deles), esses homens, sob o resplendor da minha amante, cinzelaram estrofes tão perfeitas que o meu entusiasmo rebentou com a alegria de todo um circo.

Uma noite, esperando uma manifestação ainda mais grandiosa, insinuei:

— Bela, dá-lhes a esmola do teu corpo!

Et d'aussitôt me déguiser d'absence.

Le festin consommé, les hommes, d'ailleurs après m'avoir raillé comme si j'ignorais, ces hommes, dis-je, glorifièrent la Beauté en des vers pitoyables.

Leur désir tué, ce n'était plus que des âmes quelconques, et la Beauté resta souillée.

Un des plus gros chagrins de ma vie !

E imediatamente a seguir, disfarcei-me de ausência.

Consumado o banquete, os homens, depois de me terem gozado como se eu não percebesse, esses homens, digo eu, glorificaram a Beleza em versos deploráveis.

Saciado o seu desejo, nada mais havia do que almas banais, e a Beleza ficou manchada.

Um dos maiores desgostos da minha vida!

APOCALYPSE

À Paul Roinard

Par un matin d'huissier, mai 1894.

Le soleil monte faire téter la Vie.

Ô l'héroïque songe où ma cavale de brise m'emporta juvénilement, à travers l'inique plateau des siècles, vendanger les diadèmes, crever les crânes, fendre les masques, broyer les testicules, fondre les balances, culbuter les idoles ; puis, dans le ravin misérable où ne daigne l'œil hautain, sonner la diane révélatrice, secouer l'hébétude des races asservies, couper les anneaux des chevilles, redresser les fronts, tailler une forme humaine dans chaque broussaille de poils et de cheveux, délivrer la rouge alouette captive en la cage des dents et superposer les jougs en escalier pour que, sur la splendide catastrophe des tyrans aplatis en crapauds, les martyrs, qui jusqu'alors ahanaient à la façon des bêtes de somme, sourient, des ailes d'aigle à leurs épaules, parmi la béatitude d'un soleil neuf !

APOCALIPSE

A Paul Roinard.

Numa manhã muito cedo, Maio de 1894.

O sol nasce para amamentar a Vida.

Oh, heróico sonho em que o meu jumento de brisa me carregou juvenilmente, através do iníquo palco dos séculos, a vindimar os diademas, a rebentar os crânios, a estilhaçar as máscaras, a esmagar os testículos, a derreter as balanças, a derrubar os ídolos; depois, na ravina miserável onde o altivo olho não acede, a tocar a alvorada reveladora, a sacudir a letargia das raças escravizadas, a cortar os grilhões dos tornozelos, a levantar as cabeças, a talhar uma forma humana em cada tufo de pêlos e de cabelo, a libertar a cotovia vermelha presa na gaiola dos dentes e a empilhar em degraus os jugos para que, sobre a magnífica catástrofe dos tiranos achatados como sapos, os mártires, que até agora ofegavam como bestas de carga, sorriam, com asas de águia nos seus ombros, por entre a beatitude de um novo sol!

On frappe.

J'ouvre.

Accoudée au chambranle, la hideuse Réalité m'insulte d'un rot narquois en plein visage.

Batem.

Vou abrir.

Encostada à padieira, a hedionda Realidade insulta-me com um arroto cínico em pleno rosto.

ROSCANVEL

À Divine.

Image d'un sou, couleur de biniou, village, minime village où les cloches ont l'air de dodiner au cou d'une immense chèvre de pierre, Roscanvel baigne ses pieds nus dans une mer menue dont la chair bleue se voit sous le frileux aller des voiles.

Ô mon destin naïf à l'ombre des figuiers, des ormes et des ifs où se tricote avec les becs un grêle bruit d'école, ô mon destin naïf à côté de ma fille mignonne et de mes fils mignons, emmi les chants de coq et le fenouil et la menthe sauvage, et non loin des moutons paissant au bout d'une corde en breloque et des vaches fanant le ciel avec la fourche de leurs cornes !

On vit ici tel que dans un missel, avec au visage une gifle de sel quand le vent tourne les subtiles pages du village, on vit ici tel que dans un missel, à l'abri des ogres et des médiocres de la Ville, entre la barbe de cuivre du blanc meunier de Ménézarvel et la barbe de givre du bleu batelier Manivel.

À l'aurore, voici, par-delà l'Île Longue aux carrières de pierre, jaillir en bûcher les ors, les nacres, les roses, l'hyacinthe et l'émeraude des sacres et des songes, cependant qu'argentin tinte l'angélus au puéril clocher qui semble encore un bigorneau volumineux comme un rocher.

ROSCANVEL[3]

À Divina.

Face de uma moeda, cor de gaita-de-foles, aldeia, minúscula aldeia onde os sinos parecem balouçar no pescoço de uma enorme cabra de pedra, Roscanvel banha os seus pés nus num pequeno mar cuja carne azul se vê sob o friorento ir das velas.

Oh, meu destino ingénuo à sombra das figueiras, olmos e teixos onde se tricota com agulhas um agudo ruído de escola, oh, meu destino ingénuo ao lado da minha meiga filha e dos meus meigos filhos, no meio do cantar do galo e do funcho e da hortelã-pimenta, e não longe das ovelhas apascentadas na extremidade de uma corda de berloque e das vacas murchando o céu com a forquilha dos seus cornos!

Vivemos aqui como num missal, com uma bofetada de sal no rosto quando o vento volta as subtis páginas da aldeia, vivemos aqui como num missal, a salvo dos ogres e dos medíocres da cidade, entre a barba de cobre do branco moleiro de Ménézarvel e a barba de geada do azul barqueiro Manivel.

Ao amanhecer, eis que, além da Ilha Longa de carreiros de pedra, jorram em piras os ouros, as madrepérolas, as rosas, os jacintos e a esmeralda de sagrações e de sonhos, enquanto prateado tilinta

Lors ce sont les pêcheurs — mousses, patrons et matelots — qui s'en vont sur l'eau, s'en vont au nord, à l'est, au midi, vers Plougastel aux fraises candies, vers Quélern ou vers Brest, fantastique casier à homards de fer, crabes de fonte et langoustes d'acier, s'en vont faire la croix afin de vivre en tirant, pour accoucher l'onde toujours féconde, en tirant vers la chaloupe aux courbes de berceau le filet lourd, comme on tire un délivre.

Partis, le foc devant, assis au gouvernail aux allures de soc, ils reviendront au havre un peu moins pauvres, ces gas de basane, et le pain noir deviendra blanc ce soir dans la cabane aux lits pareils à des armoires.

Car leurs paniers sont combles : maquereaux, sardines, congres, vieilles diverses, prêtres, piloneaux, escolettes vertes, blancs tacots rayés de rouge, aiguillettes au bec de scie, spineks aux dents farouches, raies, chiens de mer à peau de verre, et tant d'autres poissons si frais qu'ils sont nerveux encore de frissons dans le varech.

Souvent, dans l'anse çà et là, se balancent les barques d'alentour qui lancent la drague aux coquilles Saint-Jacques, dont le type évoque la pieuse époque de la besace et de la calebasse, tandis que sur la grève, à marée basse, les vieux qui rêvent passent et repassent l'havanau parmi les goémons et captent des chevrettes semblables en petit aux monstres de l'Apocalypse où les démons chevauchent.

Et c'est des temps d'avril et c'est des temps d'hiver ! des vent--debout et vent-arrière ! et des suroîts et des noroîts ! et des grains noirs aux longs cheveux de pluie ! et des grains blancs à la crinière d'ouragan ! et des rafales ! et des cyclones ! et tous les souffles de la Rose ! et c'est des mers de lait et des mers de tapis ! et c'est des mers de fleurs vives à la folie et des mers de miroir sur quoi pour mieux se voir se penchent les jolies ! et c'est des mers d'avare où s'accaparent des trésors ! et c'est des mers de tigre à toison de brebis où l'on sent que des griffes descendent agripper les morts !

o ângelus no pueril campanário que lembra ainda um caramujo volumoso como um rochedo.

São então os pescadores — jovens grumetes, capitães e marinheiros — que partem sobre a água, partem para o norte, para o levante, para o sul, em direcção a Plougastel([4]) dos morangos polvilhados de açúcar, em direcção a Quélern([5]) ou em direcção a Brest, fantástico cacifo de lavagantes de ferro, caranguejos de ferro fundido e lagostas de aço, partem fazendo o sinal da cruz a fim de viverem puxando, para fazer nascer a onda sempre fecunda, puxando para a chalupa com forma de berço a pesada rede, como se puxa uma placenta.

Tendo partido, a lanterna à frente, sentados ao leme com aspecto de relha, eles regressarão ao porto um pouco menos pobres, esses tipos de pele tisnada, e o pão negro tornar-se-á branco esta noite na barraca de camas semelhantes a armários.

Pois os seus cabazes estão repletos: cavalas, sardinhas, congros, bodiões diversos, piardas, pequenos peixes verdes, douradas, brancas fanecas raiadas de vermelho, agulhetas de bico de serra, espadilhas com dentes ferozes, raias, cações de pele de vidro e tantos outros peixes tão frescos que tremem ainda de arrepios nos sargaços.

Muitas vezes, por todo o lado na angra, balançam-se em redor os botes que lançam as redes de arrasto às vieiras, cujo tipo evoca a piedosa época da sacola e da cabaça, enquanto sobre o areal, na maré baixa, os velhos que sonham passam e repassam a rede entre as algas marinhas e capturam camarões-de-água-doce semelhantes em miniatura aos monstros do Apocalipse que os demónios cavalgam.

E é por altura de Abril e é por altura do Inverno! ventos contrários e ventos de popa! e do sudeste e do nordeste! e negras saraivadas com longos cabelos de chuva! e granizo branco nas crinas do furacão! e rajadas! e ciclones! e todos os sopros da Rosa-dos-ventos! e são mares ternos e mares de bonança! e são mares de flores

Le soir venu, voilà, réintégrant leurs nids lointains là-bas dans les écueils de Camaret, les cormorans en deuil partis dès le matin, les uns dans l'air en vol triangulaire, les autres en escouade à fleur de vague, et ce vol bas évoque de très longues oreilles de chiens de chasse dont le corps usé par l'océan ne serait plus qu'un reste de carcasse.

Ici l'on rit, l'on pleure, ici l'on vit, l'on meurt à la manière des légendes, gens de terre et gens de mer, et c'est toujours semaine puisque sans cesse on peine, et c'est toujours dimanche puisque des ivrognes — ô les tragiques trognes de Bretagne aux tout petits yeux de pervenche ! — vont et viennent sans cesse à travers la campagne et la lande et la ronce aux calvaires que ronge l'ulcère du Temps.

*

Or c'est ici, Divine, ici que tu naquis, au hasard du voyage, en une étable ancienne de Lanvernazal en Roscanvel, ici que tu naquis, ô ma fille, ô ma vie, que tu naquis vers la mamelle de ta mère, entre les bouches et les yeux de tes frères ravis.

Roscanvel, 28 septembre 1898.

loucamente vivas e mares de espelho sobre os quais para melhor se olharem se debruçam as beldades! e são mares avaros onde se monopolizam os tesouros! e são mares de lobo de pele de cordeiro onde sentimos que descem garras para agarrar os mortos!

A noite caiu, ei-la, reintegrando os seus longínquos ninhos ali nos escolhos de Camaret([6]), os corvos-marinhos de luto partiram pela manhã, uns pelo ar em voo triangular, os outros em esquadrão à flor das vagas, e esse voo baixo faz lembrar as longas orelhas dos cães de caça cujo corpo erodido pelo oceano não seria mais do que o resto de uma carcaça.

Aqui rimos, choramos, aqui vivemos, morremos à maneira das lendas, gentes da terra e gentes do mar, e é sempre semana, pois que sem cessar penamos, e é sempre domingo, pois que os bêbados — oh, os trágicos borrachos da Bretanha com pequenos olhos de pervinca! — vão e vêm sem parar através do campo e da charneca e das silvas para os calvários que a úlcera do Tempo corrói.

*

Ora, foi aqui, Divina, aqui que tu nasceste, no acaso da viagem, num velho estábulo de Lanvernazal([7]), em Roscanvel, aqui que tu nasceste, ó minha filha, ó minha vida, que tu nasceste para o mamilo da tua mãe, entre as bocas e os olhos dos teus extasiados irmãos.

Roscanvel, 28 de Setembro de 1898.

AIGUILLES DE CADRAN

À Gustave Charpentier.

Index et pouce dont le bras invisible pousse sur une épaule de l'Éternel, que signifie ce geste essentiel ?

Que, ta demande aux plumes d'or, il a suffi qu'elle s'élance hors du vase où fermentent tes phrases pour dès lors avoir les plumes blanches ; car l'heure qui se lève est déjà dans le rêve.

Index et pouce dont le bras invisible pousse sur une épaule de l'Éternel, que signifie ce geste cruel ?

Que lourde la douleur dont ton âme est la proie ! que légère la joie dont ton cœur est la fleur! Pourtant, tu dois passer le temps de cette abeille à cette louve jusqu'à ce que vide soit ta vie comme une outre pressée longtemps par le soleil.

Index et pouce dont le bras invisible pousse sur une épaule de l'Éternel, que signifie ce geste solennel ?

PONTEIROS DO RELÓGIO

A Gustave Charpentier.

Indicador e polegar cujo braço invisível empurra um ombro da Eternidade, que significa esse gesto essencial?

Que à tua demanda de plumas de ouro bastava que se lançasse para fora do vaso onde fermentam as tuas frases para desde logo ter plumas brancas; pois a hora que nasce está já no sonho.

Indicador e polegar cujo braço invisível empurra um ombro da Eternidade, que significa esse gesto cruel?

Que pesada a dor cuja presa é a tua alma! que breve a alegria cuja flor é o teu coração! No entanto, tu deves passar o tempo dessa abelha para o dessa loba até que vazia seja a tua vida como uma outra muito tempo espremida pelo sol.

Indicador e polegar cujo braço invisível empurra um ombro da Eternidade, que significa esse gesto solene?

Qu'une tombe garde la gueule ouverte, dedans laquelle tôt ou tard il te faudra sombrer, parmi ces dents molles et mobiles nommées vers.

Index et pouce dont le bras invisible pousse sur une épaule de l'Éternel, que signifie ce geste paternel ?

Que tout meurt hormis l'œuvre, poète, et qu'il t'importe de sculpter la Forme à mettre sur ta pourriture à la merci des vents futurs, si tu ne veux mourir totalement à la Nature.

Forêt des Ardennes-en-Luxembourg, ce jour des Morts 1895.

Que um túmulo mantém a boca aberta, dentro da qual mais cedo ou mais tarde terás de soçobrar, entre esses dentes moles e bambos chamados versos.

Indicador e polegar cujo braço invisível empurra um ombro da Eternidade, que significa esse gesto paternal?

Que tudo morre menos a obra, poeta, e que te importa esculpir a Forma a colocar sobre a tua putrefacção à mercê dos ventos futuros, se tu não queres morrer completamente com a Natureza.

Bosque das Ardennes-en-Luxembourg, neste dia de Finados, 1895.

ALOUETTES

Les coups de ciseaux gravissent l'air.

Déjà le crêpe de mystère que jetèrent les fantômes du vêpre sur la chair fraîche de la vie, déjà le crêpe de ténèbres est entamé sur la campagne et sur la ville.

Les coups de ciseaux gravissent l'air.

Ouïs-tu pas la cloche tendre du bon Dieu courtiser de son tisonnier de bruit les yeux, ces belles-de-jour, les yeux blottis dessous les cendres de la nuit ?

Les coups de ciseaux gravissent l'air.

Surgis donc du somme où comme morts nous sommes, ô Mienne, et pavoise ta fenêtre avec les lis, la pêche et les framboises de ton être.

Les coups de ciseaux gravissent l'air.

Viens-t'en sur la colline où les moulins nolisent leurs ailes de lin, viens-t'en sur la colline de laquelle on voit jaillir des houilles éternelles le diamant divin de la vaste alliance du ciel.

COTOVIAS

Golpes de tesoura galgam o ar.

Já o crepe misterioso que os fantasmas da véspera atiraram sobre a fresca carne da vida, já o crepe das trevas desceu sobre o campo e sobre a cidade.

Golpes de tesoura galgam o ar.

Não ouves tu o terno sino do bom Deus cortejar com o seu atiçador de ruído os olhos, esses belos-do-dia, os olhos enroscados sob as cinzas da noite?

Golpes de tesoura galgam o ar.

Saiamos, pois, do sono onde como mortos estamos([8]), ó Minha Querida, e ornamenta a tua janela com lírios, com o pêssego e com as framboesas do teu ser.

Golpes de tesoura galgam o ar.

Vem pela colina onde os moinhos alugam as suas asas de linho, vem pela colina de onde vemos jorrar das hulhas eternas o diamante divino da vasta aliança do céu.

Les coups de ciseaux gravissent l'air.

Du faîte emparfumé de thym, lavande, romarin, nous assisterons, moi la caresse, toi la fleur, à la claire et sombre fête des heures sur l'horloge où loge le destin, et nous regarderons là-bas passer le sourire du monde avec son ombre longue de douleur.

Les coups de ciseaux gravissent l'air.

Golpes de tesoura galgam o ar.

Do cume perfumado de tomilho, lavanda, rosmaninho, nós assistiremos, eu a carícia, tu a flor, à clara e sombria festa das horas sobre o relógio onde se aloja o destino, e veremos o sorriso do mundo passar lá em baixo com a sua longa sombra de dor.

Golpes de tesoura galgam o ar.

L'ARMOIRE À GLACE

À Saint-Georges de Bouhélier.

La première nuit de mon retour d'enfant prodigue en ce village de Provence.

Des lassitudes m'avaient, au débotter, jeté sur ce lit : le lit où je suis né.

À l'aube, de par la piquette d'Angélus versée dans mes oreilles par Hyacinthe le sonneur, je fus debout — avec, aussitôt, ma nudité vis-à-vis de la glace d'une très vieille armoire familiale.

Si limpide, cette glace, que la tentation me prenait d'y tremper la fièvre de mes lèvres.

S'y mirer égalait s'y baigner.

Et la vivance d'un œil.

Inopinément, l'armoire grossière me parut comme grosse de préjugés.

Cela semblait se gonfler à mesure…

Je compris que, d'habitude, seuls des gens purs se regardaient en ce miroir, car, à me refléter, il se voilait peu à peu de menues taies.

O ARMÁRIO DE ESPELHO

A Saint-Georges de Bouhélier.

A primeira noite após o meu regresso como filho pródigo a essa aldeia da Provença.

Cansaços atiraram-me, sem aviso, para esta cama: a cama onde nasci.

De madrugada, por causa da zurrapa do Ângelus derramada nos meus ouvidos por Jacinto, o sineiro, pus-me de pé — com, desde logo, a minha nudez perante o espelho de um muito antigo armário familiar.

Tão límpido, esse vidro, que a tentação me levava a aí mergulhar a febre dos meus lábios.

Olhar-me era igual a banhar-me.

E a vividez de um olho.

Inopinadamente, o tosco armário pareceu-me como que gordo de preconceitos.

Aquilo parecia inchar à medida...

Percebi que, por norma, apenas pessoas puras se olhavam nesse espelho, pois, perante o meu reflexo, ele encobria-se pouco a pouco de pequenas opacidades.

Bientôt, le miroir changea d'être : d'abord, rose ainsi qu'une joue de vierge scandalisée, puis plus rouge qu'un front de patriarche offensé…

Portais-je donc sur la peau les souillures de la Ville ou bien mes vices s'extériorisaient-ils ?

Soudain, une explosion de cristal, sèche, brève, en cri d'oiseau !…

Éventrant le panneau de l'armoire, la glace venait d'éclater — de honte, je suppose.

Dans le meuble, sur les rayons, du linge aligné, linge d'une candeur baptismale, fleurant la lessive faite par des lavandières en état de grâce.

M'en étant paré comme d'une vie neuve, je descendis vers la mer purificatrice — sur laquelle les mouettes des îles parsèment des signes d'absolution.

Logo o espelho mudou de natureza: ao princípio, rosa como uma face de virgem ofendida, depois, mais vermelho do que uma fronte de patriarca escandalizado...

Carregava eu, portanto, sobre a pele as impurezas da Cidade, ou eram antes os meus defeitos que se exteriorizavam?

De repente, uma explosão de cristal, seca, breve, em grito de ave!...

Esventrando a porta do armário, o vidro acabava de estourar — de vergonha, imagino.

No móvel, sobre as prateleiras, roupa dobrada, roupa de uma candura baptismal, exalando a roupa lavada pelas lavadeiras em estado de graça.

Tendo-me ataviado de uma vida nova, desci em direcção ao mar purificador — sobre o qual as gaivotas das ilhas salpicam sinais de absolvição.

CIGALES

À Paul Valéry.

Le Temps récite le rosaire du Soleil.

En ces heures couleur de trésor d'église, des joues d'ange que l'on mangera sourient sur les bras verts des candélabres dont les bobèches d'herbe sèche vocalisent. Par les rubans blancs du vallon blond, dont un coteau semble une idylle de Théocrite et l'autre une bucolique de Virgile, viennent et vont des pèlerins en blouse, ceints d'un diadème qui repousse, tenace, malgré la boule de toile moyennant quoi la main tous les vingt pas l'efface, péremptoire. Dans un verger messire Épouvantail bat la mesure au-dessus d'un pupitre aux notes de cerise exécutées sur le fifre par un berger d'ouailles qui bêlent sous un vol vivace d'hirondelles tricotant l'espace. Ce pendant, devant son seuil enjolivé de chèvrefeuilles, un vieillard d'avant-garde aiguise l'annuelle faulx, comme s'il lustrait avecque de la bise une lame de fond.

Le Temps récite le rosaire du Soleil.

Provence, juin 1891.

CIGARRAS

A Paul Valéry.

O Tempo recita o rosário do sol.

Nessas horas cor de tesouro de igreja, bochechas de anjos que comeremos sorriem sobre os braços verdes dos castiçais cujas arandelas de erva seca crepitam. Pelos caminhos brancos do louro vale, onde uma encosta faz lembrar um idílio de Teócrito e a outra uma bucólica de Virgílio, vêm e vão peregrinos de túnica, cingidos por um diadema de suor que reaparece, tenaz, não obstante a bola de trapos com que a mão a cada vinte passos o enxuga, peremptória. Num pomar em cima de um púlpito, o meu senhor, o Espantalho, marca o compasso com notas de cereja executadas sobre o pífaro por um pastor de ovelhas que balem debaixo de um voo vivaz de andorinhas tricotando o espaço. Entretanto, diante da sua soleira embelezada de madressilvas, um ancião afia a anual foice como se polisse com a bise(9) uma lâmina de grande amplitude.

O Tempo recita o rosário do sol.

Provença, Junho de 1891.

L'ÉCHO DE LA CAVERNE

À Édouard Dubus.

Pénétrant dans l'énorme escargot de granit comme dans sa conscience, le Pèlerin jeta vers la spirale, sur un ton de panégyrique, ces paroles :

— «Mystère, tu sais bien que ce publicain n'a rien à craindre, l'eau de son âme étant vêtue de cygnes et ses rives enjolivées de flûtes futures !»

Le miroir de verbe aussitôt rejeta, sur un ton de réquisitoire, ces paroles :

— «Mystère, je sais bien que ce pharisien a tout à craindre, l'eau de son âme étant vêtue de chats pourris et ses rives hérissées de serpents qui sifflent.»

Et le Pèlerin sortit de l'énorme escargot de granit comme de sa conscience.

O ECO DA CAVERNA

A Édouard Dubus.

Penetrando no enorme caracol de granito como na sua consciência, o Peregrino lança para a espiral, em tom de panegírico, estas palavras:

— Mistério, tu bem sabes que este publicano não tem nada a temer, estando a água da sua alma vestida de cisnes e as suas margens ornadas de flautas futuras!

O espelho do verbo imediatamente devolveu, num tom de acusação, estas palavras:

— Mistério, eu bem sei que esse fariseu tem tudo a temer, estando a água da sua alma vestida de gatos mortos e as suas margens cobertas de serpentes sibilantes!

E o peregrino saiu do enorme caracol de granito como da sua consciência.

CHAUVES-SOURIS

Mienne, évitons les éteignoirs manipulés par des bras maigres jusqu'à l'invisibilité.

Regarde-les s'évertuer contre les choses de clarté.

Mienne, évitons les éteignoirs manipulés par des bras maigres jusqu'à l'invisibilité.

Les voici sur les yeux des jardins, les voilà sur les fleurs des visages.

Mienne, évitons les éteignoirs manipulés par des bras maigres jusqu'à l'invisibilité.

Si ces bras n'étaient courts, il en serait fait déjà de ce premier essaim d'étoiles.

Mienne, évitons les éteignoirs manipulés par des bras maigres jusqu'à l'invisibilité.

Notre amour étant de la lumière aussi, rentrons vite jouer, paupières closes, à la mort rose, dans le lin du rêve,

MORCEGOS

Minha Querida, evitemos os desmancha-prazeres manipulados por braços magros até à invisibilidade.

Olha para eles a empenharem-se contras as coisas da claridade.

Minha Querida, evitemos os desmancha-prazeres manipulados por braços magros até à invisibilidade.

Ei-los aqui sobre os olhos do jardim, ei-los alhures sobre as flores dos rostos.

Minha Querida, evitemos os desmancha-prazeres manipulados por braços magros até à invisibilidade.

Se esses braços não fossem curtos, deles seria já feito esse primeiro enxame de estrelas.

Minha Querida, evitemos os desmancha-prazeres manipulados por braços magros até à invisibilidade.

Sendo o nosso amor também a luz, regressemos depressa a casa para brincar, de pálpebras fechadas, à morte cor-de-rosa, no linho do sonho,

Ô Mienne, afin de dépister les éteignoirs manipulés par des bras maigres jusqu'à l'invisibilité.

Mais, d'abord, faisant œuvre de vie c'est-à-dire divine, commençons la fille ou le garçon dont le lointain sourire se devine entre nos caresses que le destin rend une, — et préparons ainsi notre immortalité commune !

Minha Querida, a fim de despistar os desmancha-prazeres manipulados por braços magros até à invisibilidade.

Mas, primeiro, fazendo obra de vida, ou seja, divina, encetemos a rapariga ou o rapaz cujo longínquo sorriso se adivinha entre as nossas carícias que o destino agrega — e preparemos assim a nossa conjunta imortalidade!

CRÂNES DE VERRE

Diaphanes me sont les crânes.

Je distingue les idées du cerveau comme à travers le cristal d'une cloche les délicatesses d'une fleur rare, et, sans que mon prochain ne s'en doute, je suis l'évolution de son esprit généralement en contradiction avec la parole sortie de sa bouche. Il profère : oui ! mais sous le crâne j'ai surpris : non ! D'où, presque toujours, un acte oblique, fausse extériorité du vœu foncier, symbole hypocrite de l'intime pensée.

En vérité, durant telles heures de dégoût, la vie me parut un carnaval où les effets n'étaient que les chienlits des causes, aussi bien, puisqu'il me suffit d'examiner le spectacle de l'individu pour en inférer que son œuvre est l'opposite de son rêve, en arrivais-je à ne plus regarder au travers des crânes.

Ô les crânes humains !

Pour quelques-uns riches de fleurs ou de diamants, combien d'analogues à des marécages, à des ravins hérissés de guet-apens, à des préaux de prison, à des champs de carnage…

Par contre quelle logique sous le crâne des bêtes. Point de duplicité. Elles sont tendres ou barbares, bonnes ou mauvaises. Nulle pensée de loup dans un cerveau de brebis, aucune pensée de brebis dans le cerveau du loup.

La bête est plus loyale que l'homme.

CRÂNIOS DE VIDRO

Transparentes são os crânios para mim.

Distingo as ideias do cérebro como através do cristal de uma campânula a delicadeza de uma flor rara, e, sem que a minha presença se note, eu sou a evolução do seu espírito normalmente em contradição com a palavra saída da sua boca. Ele profere: sim! mas sob o crânio eu surpreendi: não! Daí resulta, quase sempre, um acto enviesado, falsa exterioridade do voto enraizado, símbolo hipócrita do íntimo pensamento.

Na verdade, durante essas horas de repulsa, a vida parece-me um carnaval cujos efeitos não eram senão as máscaras das causas, para mais, porque me basta examinar o espectáculo do indivíduo para daí aferir que a sua obra é o oposto do seu sonho, chegando eu a não mais espreitar através dos crânios.

Oh, os crânios humanos!

Para uns quantos ricos de flores ou de diamantes, quantos análogos a pântanos, a ravinas pejadas de emboscadas, a pátios de prisão, a campos de carnificina...

Em contrapartida, que razão sob o crânio das bestas. Nenhuma duplicidade. Elas são ternas ou bravias, boas ou más. Nenhum pensamento de lobo num cérebro de ovelha, nenhum pensamento de ovelha num cérebro de lobo.

O animal é mais verdadeiro do que o homem.

C'est pourquoi je fuis souvent l'humanité pour aller vivre sauvagement, parmi les pattee et les ailes.

É por isso que eu fujo muitas vezes da humanidade para ir viver selvaticamente, entre as patas e as asas.

CRUCIFIEMENT

À Cœcilian.

Une petite croix de bois noir sur laquelle lammasabacthanise un christ de plomb append au mur de la chambre familiale.

Miroir salutaire où s'amendent, aux heures malignes, mes laideurs morales, ce Jésus nous a de Paris suivis en exil entre le savon et la poudre de riz ; on y tient comme à un brin de patrimoine ; et puis, alors que mon fils cadet Lorédan n'aime encore que son biberon brandi en sein arraché à une amazone qui serait de verre, Cœcilian, son frère, de deux ans plus âgé, s'est pris d'amitié pour l'icône qu'il traite en poupée.

Afin de prévenir ses pleurs, à la longue il m'a fallu décrocher le crucifix et le confier à Cœcilian, qui le dorlote avec des histoires, le mouche, l'enjuponne de chiffon, l'installe dans sa minuscule charrette de sapin pour un tour au jardin où saigne la groseille et lui demande : «as-tu bobo ?» quand, au détour prompt de l'allée de graviers, le convoi bascule et tombe — hélas, plus de trois fois !

Tout à l'heure un incident tragique.

La chère image, Lian l'a par mégarde laissé choir du rez-de--chaussée aux offices du sous-sol, par la cage de l'escalier.

CRUCIFICAÇÃO

A Cœcilian.

Uma pequena cruz de madeira preta sobre a qual porquemeabandonastisa([10]) um cristo de chumbo está pendurada na parede do quarto familiar.

Espelho benigno onde se emendam, nas horas nefastas, as minhas imperfeições morais, esse Jesus veio connosco exilado de Paris entre o sabão e o pó-de-arroz; e nós temo-lo como um bocadinho de património; mais ainda, agora que o meu filho mais pequeno Lorédan não gosta senão do seu biberão brandido como seio arrancado a uma amazona que seria de vidro, Cœcilian, o seu irmão, dois anos mais velho, tomou-se de amizade pelo ícone que trata como uma boneca.

A fim de prevenir os seus choros, a longo prazo foi-me necessário tirar o cruxifico e confiá-lo a Cœcilian, que o mima com histórias, o assoa, o veste de trapos, o instala na sua minúscula carroça de pinho para uma volta pelo jardim onde sangra a groselha e lhe pergunta: «tens dói-dói?» quando, na rápida curva do caminho de gravilha, o comboio derrapa e se despista — oh, mais de três vezes!

Há pouco um trágico acidente.

A querida imagem, deixou-a Lian cair por descuido do rés-do--chão para a copa na cave, pelo vão das escadas.

Je bondis vers les cris puérils.

La croix en deux, le christ décloué et tordu, le joujou sacré gît sur les dalles, en bas, parmi le trop-plein d'eau boueuse repoussée de la buanderie dans le couloir par le balai à serpillière.

— «Petit Zésus bobo !» brame le désespéré manneke.

Le consoler, comment ?

— «Guéris-le, papa, guéris-le vite !»

Je descends recueillir l'auguste désastre et m'apprête à le réparer de mon mieux. Approvisionné d'une éponge, de clous de tapissier, d'un marteau, d'un canif, me voici travaillant sous la giboulée de mon fils anxieusement penché sur moi.

D'abord je rétablis le malléable dieu recroquevillé en scarabée foudroyé, j'étire les bras et les jambes, je repenche la tête historiquement, puis je lave le divin visage et, comme la plaie du flanc est gavée de boue, j'ôte la menue motte avec la pointe du canif.

Maintenant je cloue.

— «Tloue bien, papa, tloue bien !»

Le moindre jappement du marteau provoque un hoquet d'allégresse dans la gorge de Lian qui me passe, un à un, les clous légendaires.

Là, vraiment, j'applique à recrucifier le Sauveur une maîtrise dont je m'ignorais capable, aussi bien présumè-je une telle science innée à l'homme et ne suis-je pas éloigné d'accorder à chacun le talent de savoir, à ses heures et sans apprentissage, «tourmenter le divin», puisque moi-même, poète inhabile, je me découvre inopinément des doigts dont on dit qu'ils sont de fée. Les paumes nazaréennes sont reclouées mieux que *dans le temps* ; quant aux pieds réunis, le travail est à ce point parfait qu'on croirait *y être* et que cela tire à mon naïf complice des fusées d'admiration. En outre je crois bien — hallucination ? — que, à chaque coup, là-haut soupirait la Mère aux Sept Douleurs.

Oh ! le spectacle fut aussi complet qu'au Calvaire ! Nul détail omis, pas même les jurons jaillis de la fatigue — est-il en effet rien de

Acorri aos gritos pueris.

A cruz em dois, o cristo desprendido e torto, o brinquedo sagrado jaz sobre as lajes, em baixo, entre o excesso de água lamacenta empurrada da lavandaria para o corredor pela esfregona.

— Pequeno Zesus dói-dói! — brame o desesperado petiz([11]).

Consolá-lo, como?

— Cura-o papá, cura-o depressa!

Desço para recolher o augusto desastre e apronto-me a arranjá-lo o melhor que possa. Munido de uma esponja, de pregos de marceneiro, de um martelo, de um canivete, eis-me trabalhando sob o aguaceiro do meu filho ansiosamente inclinado sobre mim.

Primeiro, restabeleço o maleável deus enrolado como um escaravelho colhido, estico os braços e as pernas, torno a inclinar historicamente a cabeça, depois lavo o divino rosto e, como a chaga do flanco está pejada de lama, removo o pequeno torrão com a ponta do canivete.

Agora prego.

— Plega bem, papá, plega bem!

O menor som do martelo provoca um soluço de entusiasmo na garganta de Lian, que me passa, um a um, os lendários cravos.

Aí, em verdade, aplico à recrucificação do Salvador uma mestria de que não me sabia capaz, tão bem conheço eu essa ciência inata ao homem que não estou longe de conceder a cada um o talento de saber, nas horas vagas e sem aprendizagem, «atormentar o divino», uma vez que eu mesmo, inábil poeta, descubro em mim inesperadamente dedos dos quais se diz que são de fada. As palmas nazarenas estão mais bem repregadas do que *naquele tempo*; quanto aos pés juntos, o trabalho está tão perfeito como se esperaria que *lá estivesse*, e isso arranca ao meu ingénuo cúmplice girândolas de admiração. Além disso, creio — alucinação? — que, a cada golpe, suspirava lá em cima a Mãe das Sete Dores.

Oh! o espetáculo foi tão completo como no Calvário! Nenhum detalhe esquecido, nem mesmo os palavrões nascidos do cansaço

plus pénible que les besognes délicates, disons de réduction ? — et certes j'ai blasphémé comme un centurion de César.

L'atavisme enchaîne la vie et, sans doute, les hommes, eûmes--nous chacun quelque ascendant au Golgotha.

On a *ça* dans le sang.

Ne crucifie-t-on pas la Beauté tous les jours ?

Et l'éternel enfant Humanité s'amuse à ces drames énormes.

Bruxelles, avenue des Villas, 4 avril 1895.

— haverá de facto algo mais penoso do que as tarefas delicadas, digamos insignificantes? — e, admito, blasfemei como um centurião de César.

O atavismo encadeia a vida e, sem dúvida, nós, os homens, tivemos todos um qualquer antepassado no Gólgota.

Temos *isso* no sangue.

Não cruxificamos nós a Beleza todos os dias?

E a eterna criança Humanidade diverte-se com estes dramas enormes.

Bruxelas, avenida das Villas, 4 de Abril de 1895

LA KERMESSE DES ASPERGES

Sors de ta chrysalide d'argile, ô mon Âme, et sous ta fâmée forme de satane, allons voir les asperges de mai danser aux clins d'argent de ton regard malin !

C'est assez de sagesse au firmament du rêve, et puisque est épuisé notre dernier grenier, derechef appareillons la nef de nos sagacités pour les ardents sillons de la cité prochaine. Là nous envoûterons le superbe et le gueux, l'éphèbe et le cagneux, afin de supputer au thermomètre de la brute les multiples degrés de la canaille en rut. Hardi pour la science énorme, avec pour page une place publique et pour encrier les entrailles de la multitude ! Tu fus l'élue, sois la déchue ; tu fus la prude, sois la grue ; après la poule sois la goule ; sois le vacarme après le calme. Certes on chuchotera sous l'auvent torve des hypocrisies ; certes on médira, mesquins, vidés, pantins, maquereaux et châtrés ; mais bah ! mon Âme, nous rirons tout bas ! L'éphémère ignore le génie d'édifier avec les vanités des pèlerins de l'heure une vérité qui demeure, d'extraire une chimère merveilleuse du fumier, de contrôler le songe avec le mensonge des réalités. Ne t'inquiète donc point des crapauds accroupis aux gradins des trottoirs ; ayant pour nous le bon sourire de la conscience, qu'importent leurs coassements d'un soir ! Leur office est d'orner de pétards gras les talons de la Gloire et nous sommes de ceux

A FEIRA DOS ESPARGOS

Sai da tua crisálida de barro, ó minha alma, e, debaixo da tua famigerada forma satânica, vamos ver os espargos de Maio dançar nas piscadelas de prata do teu olhar malicioso!

Chega de sensatez no firmamento do sonho, e uma vez que está vazio o nosso último celeiro, aparelhemos de novo o navio da nossa sagacidade para os generosos sulcos da cidade vizinha. Lá seduziremos o soberbo e o mendigo, o efebo e o zambro, a fim de medir no termómetro da selvajaria os múltiplos graus da canalha em cio. Intrépido pelo enorme conhecimento, tendo por página uma praça pública e por tinteiro as entranhas da multidão! Tu foste a escolhida, sê a caída; tu foste a puritana, sê a prostituta; depois da rameira, sê a vampira; sê o alarido depois da calma.([12]) Certamente murmurarão hipocrisias sob o enviesado toldo; sem dúvida, maldirão, tacanhos, vazios, fantoches, proxenetas e castrados. Mas, deixa, minha Alma, nós riremos baixinho! O efémero ignora o génio de erigir com as vaidades dos peregrinos de ocasião uma verdade que perdura, de extrair do estrume uma maravilhosa quimera, de controlar o sonho com a mentira das realidades. Não te preocupes, pois, com os sapos agachados nos desníveis dos passeios; tendo do nosso lado o bom sorriso da consciência, que importam os seus coaxares de uma noite! O seu ofício é o de ornar de gordos petardos os tacões da Glória e

qui traversent l'Océan des Temps dans les beaux bras de la verte Mémoire.

Sors de ta chrysalide d'argile, ô mon Âme, et sous ta fâmée forme de satane, allons voir les asperges de mai danser aux clins d'argent de ton regard malin !

Carnaval de Bruxelles, 1895.

nós somos desses que atravessam o Oceano dos Tempos nos belos braços da verde Memória.

Sai da tua crisálida de barro, ó minha alma, e, debaixo da tua famigerada forma satânica, vamos ver os espargos de Maio dançar nas piscadelas de prata do teu olhar malicioso!

Carnaval de Bruxelas, 1895.

LEVER DE SOLEIL

La Joue splendide émerge des mousselines d'aubépine.

— Ô charitable épanoui, manifesté par uniment ceci de rose, te serai-je, au cours de ta ronde quotidienne, te serai-je, par mon faire indigne ou par mon faire sage, te serai-je une caresse ou te serai-je le soufflet, soleil, et t'attarderas-tu devant mon signe ami de Josué charmant ou bien, Judas farouche, acculerai-je ta pudeur derrière les immenses nénuphars du ciel jusqu'à l'heure de saigner sur les coquilles exileuses de la mer ?

La Joue splendide émerge des mousselines d'aubépine.

NASCER DO SOL

A Face magnífica emerge das musselinas de espinheiro.

— Ó caridoso desabrochar, singelamente manifestado de rosa, serei para ti, durante a tua ronda quotidiana, serei para ti, através da minha acção indigna ou através da minha acção sensata, serei para ti uma carícia, ou serei para ti a bofetada, sol, e tu demorar-te-ás diante do meu sinal cúmplice de Josué sedutor, ou então de Judas cruel, acolherei eu o teu pudor atrás dos imensos nenúfares do céu até à hora de sangrar sobre as conchas cheias do exílio do mar?

A Face magnífica emerge das musselinas de espinheiro.

LA RELIGION DU TOURNESOL

À Antoine de La Rochefoucauld.

Tout à virer d'après le Soleil qu'ancillairement il admirait, jamais ce Tournesol, fervent comme un coup d'encensoir figé en l'air, n'avait daigné m'apercevoir, malgré ma cour de chaque heure et de chaque sorte.

Œil du Gange en accordailles avec le nombril du Firmament, la fleur guèbre ne voulait se distraire de son absolue contemplation.

L'indifférence de cet héliotrope me rendit jaloux de l'astre.

Naine au début tant que superficielle fille de ma vanité, cette jalousie, foncière dès qu'adoptée par ma raison, prit désormais une envergure énorme.

Mes moindres appétits de rival convergèrent vers ce mystérieux pétale à conquérir : un regard de la fleur.

Pour une telle victoire je mis au vent, l'un après l'autre, tous les moyens de stratégie possibles.

*

Vêtu d'étoffes somptueuses, comme taillées dans un songe de poète pauvre, une grappe adamantine à chaque oreille, les phalanges

A RELIGIÃO DO GIRASSOL

A Antoine de La Rochefoucauld.

Sempre a rodar seguindo o Sol que servilmente admira, jamais esse Girassol, fervoroso como um impulso de incensório fixo no ar, se dignou olhar-me, apesar da minha corte de cada hora e de cada sorte.

Olho do Ganges em esponsais com o umbigo do Firmamento, a flor guebra não se queria distrair da sua absoluta contemplação.

A indiferença deste heliotrópio fez-me ter ciúmes do astro.

Insignificante ao início, enquanto superficial filha da minha vaidade, essa profunda inveja, logo que adoptada pela minha razão, ganhou uma enorme envergadura.

Os meus mais íntimos apetites de rival convergiram para a misteriosa pétala a conquistar: um olhar da flor.

Para uma tal vitória, desfraldei, um após outro, todos os meios de estratégia possíveis.

*

Vestido de brocados sumptuosos, como que talhados num sonho de poeta pobre, um cacho diamantino em cada orelha, as falanges corselées de bagues, pontife de l'idée sous la tiare ou prince de la matière sous le diadème, j'allai promener autour de la fleur ma braverie de guêpe humaine.

Le Tournesol ne me regarda mie.

Longtemps je m'appliquai à parfaire ma force ainsi que ma beauté, conjuguant la course, le bain, les poids, luttant avec la corne ou la crinière ou le chef-d'œuvre ; une fois, très fort et très beau, je vins, un essaim de vierges pâmées à mes flancs, produire à l'œil incorruptible de l'inexorable idole le verger de ma forme.

Le Tournesol ne me regarda mie.

Jugeant nécessaire de joindre à l'argument du corps celui de l'âme, je lavai dans mes vagues de repentir le corbeau prisonnier en ma personne, puis on me vit parader devant la spéculative avec un roucoulement de colombe aux lèvres.

Le Tournesol ne me regarda mie.

Traversé de la baroque hypothèse que cet œil pouvait n'être qu'une extraordinaire oreille de curiosité je m'environnai de harpes, de violes, de buccins, et, comme au mitan d'un harmonieux brasier, je m'avançai saluer d'une strophe divine l'inflexible.

Le Tournesol ne me regarda mie.

Sa rude margelle en guise de pupitre, je m'abreuvai si bien à tous les seaux jaillis de la Science que les pygmalions copièrent ma renommée et que les édiles votèrent d'épaisses semelles de granit à mes statues sollicitées par les forums.

empertigadas de anéis, pontífice do pensamento sob a tiara ou príncipe da matéria sob o diadema, passeei em torno da flor a minha bravata de vespa humana.

O Girassol não me olhou enamorado.

Muito tempo dediquei a apurar a minha força e a minha beleza, conjugando o percurso, o banho, os pesos, lutando contra o chifre ou a crina ou a obra-prima; uma vez, muito forte e belo, vim, flanqueado por um enxame de virgens pasmadas, exibir ao olho incorruptível do inexorável ídolo a exuberância da minha forma.

O Girassol não me olhou enamorado.

Julgando necessário aliar ao argumento do corpo o da alma, lavei nas minhas vagas de arrependimento o corvo aprisionado no meu íntimo, depois fui visto a pavonear-me diante da especulação com um arrulho de pomba entre os lábios.

O Girassol não me olhou enamorado.

Atormentado pela barroca hipótese de que esse olho não poderia ser senão uma extraordinária orelha de curiosidade, rodeei-me de harpas, violas, bucinas([13]), e, como no meio de um harmonioso braseiro, avancei para saudar com uma estrofe divina o inflexível.

O Girassol não me olhou enamorado.

O seu áspero rebordo à guisa de púlpito, tanto de todos os baldes jorrados da Ciência bebi que os pigmaleões copiaram a minha fama e os edis([14]) deliberaram por espessos pés de granito as minhas estátuas solicitadas pelos fóruns.

Le Tournesol ne me regarda mie.

Espérant décisif le moyen de patrie, je fondis sur la multitude étrangère, saccageai ses lois, brisai ses symboles, brûlai ses bibliothèques, pour finalement m'asseoir sur le trône du roi vaincu, dont la langue coutumière de l'ambroisie léchait mes orteils d'apothéose.

Le Tournesol ne me regarda mie.

Si la fleur était simplement quelque étrange malsaine ? complotai-je un jour d'exaspérée lassitude, — et vite d'assassiner une très vieille femme en train d'éplucher des carottes.

Le Tournesol ne me regarda mie.

Découragé, rageusement j'imaginais des combinaisons, inutiles d'avance, — lorsque passèrent sur la route trois Mendiants...

Évangélique, je m'avance.

— Je suis la Semaille.

Dit le premier, aux membres de terre et cheveux de fumier.

Je baisai ses cicatrices, desquelles soudainement vagit un avril d'arc-en-ciel.

— Je suis le Chagrin.

Dit le second, drapé de feuilles mortes.

Je l'enchantai d'espoir, à telles enseignes que sa bouche verdâtre s'ouvrit en grenade et montra des grains de rire.

— Je suis la Vieillesse.

Dit le troisième, couleur de givre et de faiblesse.

Je jetai mon manteau sur ses épaules, lui cueillis un sceptre de houx dans la lande et lui remis les fruits jolis de ma besace avec le

O Girassol não me olhou enamorado.

Esperando o decisivo procedimento da pátria, precipitei-me sobre a multidão estrangeira, saqueei as suas leis, destrui os seus símbolos, incendiei as suas bibliotecas, para finalmente me sentar sobre o trono do rei vencido, cuja língua acostumada à ambrósia lambia os dedos dos meus pés em apoteose.

O Girassol não me olhou enamorado.

E se a flor fosse simplesmente uma estranha perversa? cismava eu num dia de exasperante lassidão — e corro a assassinar uma mulher muito velha que se preparava para descascar cenouras.

O Girassol não me olhou enamorado.

Desanimado, raivosamente imaginava combinações, inúteis à partida — quando passaram no caminho três Mendigos...
Evangélico, avancei.

— Eu sou a Sementeira.
Disse o primeiro, com membros de terra e cabelos de estrume.
Beijei as suas cicatrizes, das quais subitamente vagiu um abril de arco-íris.

— Eu sou o Desgosto.
Disse o segundo, coberto de folhas mortas.
Seduzi-o com esperança, de tal forma que a sua boca esverdeada se abriu em romã e mostrou grãos de riso.

— Eu sou a Velhice.
Disse o terceiro, cor de geada e de fraqueza.
Lancei o meu manto sobre os seus ombros, colhi para ele um ceptro de azevinho na charneca e entreguei-lhe os belos frutos do

sang rosé de ma gourde, si bien qu'il partit la jambe gaillarde et les pommettes riches.

Alors, me prenant sans doute pour le Soleil, le Tournesol tourna vers moi son admiration, — et dans cet œil je m'aperçus tout en lumière et tout en gloire.

meu alforge com o sangue rosado da minha cabaça, de modo que ele partiu com passo de galharda([15]) e maçãs do rosto coradas.

Então, tomando-me sem dúvida pelo Sol, o Girassol voltou para mim a sua admiração — e nesse olho reconheci-me todo luz e todo glória.

LES SABLIERS

À Georges Ancey.

Assis sur la plage solitaire du Toulinguet où viennent s'agenouiller les haquenées de l'Océan, je méditais, après la chute de l'empereur des Coupes de Thulé.

Devant, hérissée d'un dernier vol où se pêlemêlaient guilloux, mouettes, gaudes, hirondelles de mer et perroquets japonais sans queue, l'Île ; à ma droite, derrière le fort, la Pointe Saint-Mathieu avec ses ruines ecclésiastiques ; à ma gauche, devinées, des pierres et des pierres donnant un frison d'Éternité à poil, la Tribune, le Lord-Maire, le Dante, les Tas de Pois, le Château de Dinan, le Cap de la Chèvre, la Pointe du Raz, l'Île de Sein…

Je comparais douze cormorans alignés sur un écueil à une phrase de Poe traduite en alexandrin par Baudelaire ou Mallarmé, — lorsque des crissements singuliers venant de Camaret m'intriguèrent la nuque et me firent sursaillir.

Plusieurs théories d'êtres bizarres descendaient le versant : espèces de sauterelles aux membres de bois et corps de verre.

Plus proches, je reconnus des Sabliers.

AS AMPULHETAS

A Georges Ancey.

Sentado na praia deserta de Toulinguet([16]), onde se vêm ajoelhar as hacaneias do Oceano, eu meditava, depois da queda do imperador da Canção de Thulé([17]).

De frente, eriçada por um último voo no qual se misturam alcatrazes, gaivotas, garões, andorinhas-do-mar e papagaios japoneses sem cauda, a Ilha; à minha direita, atrás do forte, a Ponta Saint-Mathieu([18]), com as suas ruínas eclesiásticas; à minha esquerda, intuídas, pedras sobre pedras provocando na pele um arrepio de Eternidade, a Tribuna, o Burgomestre, o Dante([19]), os Tas de Pois([20]), o Castelo de Dinan([21]), o Cabo da Cabra([22]), a Ponta do Raz([23]), a Ilha de Sein([24])...

Comparava eu doze corvos-marinhos alinhados sobre um escolho a uma frase de Poe traduzida em alexandrino por Baudelaire ou Mallarmé — quando estranhos chiares vindos de Camaret me arrepiaram a nuca e me fizeram estremecer.

Um cortejo de seres bizarros desciam a vertente: espécies de gafanhotos com patas de madeira e corpos de vidro.

Mais perto, vi que eram Ampulhetas.

De toutes dimensions :

Sept, menus comme les fœtus de cinq mois, marquant l'heure ;

Sept, mignons comme les nourrissons, marquant le jour ;

Sept, petits comme les communiants, marquant la semaine ;

Sept, grands comme les adolescents, marquant le mois ;

Sept, hauts comme les titans, marquant l'année ;

Sept, colossaux comme les clochers de cathédrale, marquant le lustre ;

Un, enfin, le dernier, incommensurable comme le génie, marquant le siècle.

« Hélas ! glapirent les Sabliers. Disgraciés déjà par l'invasion des damoiselles de chêne au nombril d'or, irrévocablement perdus depuis les décrets impies, nous pourrissions dans les moustiers branlants de l'angélique Pays des Coiffes ; inutiles désormais loin des reclus qui nous vinrent ici remplir, nous revenons, accomplie notre destinée, à cette plage si sabuleuse depuis le départ des sandales, et notre guide fut la soif de reposer au lieu natal. »

Je compris que nul ne rendrait à ces oubliés le pieux service si le poète ne daignait.

Aussi, commençant par les moindres, je me mis en devoir de vider sur la grève les Sabliers l'un après l'autre.

À cet office nous restâmes des heures, des jours, des semaines, des mois, des années, des lustres…

J'avais entrepris le dernier Sablier, le séculaire, lorsque l'invisible faulx du Temps me détacha l'âme du corps.

Les pêcheurs de Kerbonn trouvèrent mon cadavre sur lequel flottait une longue barbe blanche.

Et j'avais l'âge que j'aurai, ô mes Héritiers, le jour de mon décès.

Camaret, à Pen-hat, août 1892.

De todos os tamanhos:
Sete, pequenas como fetos de cinco meses, marcando a hora;
Sete, pequenas como lactentes, marcando o dia;
Sete, pequenas como catecúmenos, marcando a semana;
Sete, pequenas como adolescentes, marcando o mês;
Sete, altas como titãs, marcando o ano;
Sete, colossais como sinos de catedrais, marcando o lustro;
Uma última, por fim, incomensurável como o génio, marcando o século.

«Desgraça! guincham as Ampulhetas. Caídas em desgraça pela invasão de donzelas de carvalho com umbigo de ouro, irrevogavelmente perdidas por decretos ímpios, apodrecíamos nos instáveis monastérios do angélico País das Coifas; doravante inúteis longe dos reclusos que nos vieram aqui encher, regressamos, consumado o nosso destino, a essa praia tão arenosa depois da partida das sandálias, e a nossa guia foi a sede de repousar no local de nascimento.»

Percebi que se o poeta não se dignasse, ninguém votaria a estas esquecidas o piedoso serviço.

Por conseguinte, começando pelas mais pequenas, pus-me a esvaziar sobre o areal uma a uma as Ampulhetas.

Nesse trabalho, perdemos horas, dias, semanas, meses, anos, lustros...

Tinha terminado a última Ampulheta, a secular, quando a invisível gadanha do Tempo me separou a alma do corpo.

Os pecadores de Kerbonn([25]) encontraram o meu cadáver, sobre o qual flutuava uma longa barba branca.

E tinha a idade que terei, ó meus Herdeiros, no dia da minha morte.

Camaret, em Pen-hat, Agosto de 1892.

DE LA COLOMBE AU CORBEAU PAR LE PAON

(1904)

DA POMBA AO CORVO ATRAVÉS DO PAVÃO

(1904)

SOIR DE BREBIS

À Louis Denise.

La tache de sang dépoint à l'horizon de-ci.
La goutte de lait point à l'horizon de-là.

Homme simple qui s'éparpille dans la flûte et dont la prudence a la forme d'un chien noir, le pâtre descend l'adolescence du coteau.

Le suivent ses brebis, avec deux pampres pour oreilles et deux grappes pour mamelles, le suivent ses brebis : ambulantes vignes.

Si pur le troupeau ! que, ce soir estival, il semble neiger vers la plaine enfantinement.

Ces menus écrins de vie ont, là-haut, brouté les cassolettes, et redescendent pleines.

Mes Désirs aussi, stimulés par la flûte de l'Espoir et le chien de la Foi, montèrent ce matin le coteau du Mystère, et s'en furent plus haut que les brebis de mon hameau, les brebis de mon âme.

Mais, parmi la prairie de jacinthes, l'odorante étoile incendia les dents avides qui voulaient dégrafer son corsage fertile.

FIM-DE-TARDE DE OVELHAS

A Louis Denise.

A mancha de sangue desaparece no horizonte daqui.
A gota de leite reaparece no horizonte dali.

Homem simples que se dispersa na flauta e cuja prudência tem a forma de um cão negro, o apascentador desce a adolescência da colina.

Seguem-no as suas ovelhas, com duas parras por orelhas e dois cachos por seios, seguem-no as suas ovelhas: vinhas ambulantes.

Tão puro o rebanho! que, neste fim-de-tarde estival, parece nevar infantilmente sobre a planície.

Esses pequenos cofres de vida têm, lá em cima, pastado perfumes([26]), e voltam a descer saciados.

Também os meus Desejos, incentivados pela flauta da Esperança e pelo cão da Fé, subiram essa manhã a colina do Mistério, e chegaram mais alto do que as ovelhas da minha aldeola, as ovelhas da minha alma.

Mas, por entre o prado de jacintos, a fragrante estrela incendiou os ávidos dentes que queriam desapertar a sua fértil blusa.

C'est pourquoi mon troupeau subtil, à l'heure d'angélus, rentre en moi-même, les flancs désespérés.

Les brebis sont au bercail, et l'homme simple va dormir entre sa flûte et son chien noir.

Domaine de Pierrefeu, 1888.

É por isso que o meu subtil rebanho, à hora do ângelus, reentra em mim, para desespero das encostas.

As ovelhas estão no redil, e o homem simples vai dormir entre a sua flauta e o seu cão negro.

Propriedade de Pierrefeu, 1888.

LES DEUX SERPENTS QUI BURENT TROP DE LAIT

À Stuart Merril.

Ô tardive, dis-moi, quelles sont ces deux blancheurs qui dans l'ombre s'avancent ?

Sans doute deux rayons de lune exprimés par l'huis de ma venue.

Un rayon de lune est fluide et diaphane, ce que je vois est opaque et solide.

Alors ce sont deux banderoles de neige pleurées par les blessures de la tuile.

Nous sommes en juillet, brune amante, mais fussions-nous en décembre, l'haleine de la chambre aurait déjà fondu les flocons que tu dis.

Alors ce sont deux rameaux d'aubépine aux lèvres des persiennes.

Notre mansarde est haute, et je ne sache pas que l'aubépine pousse dans l'espace.

AS DUAS SERPENTES QUE BEBERAM DEMASIADO LEITE

A Stuart Merril.

Ó tardia, diz-me, o que são essas duas brancuras que avançam na sombra?

Sem dúvida, dois raios de lua emitidos pela porta da minha vinda.

Um raio de luz é fluido e diáfano, este que vejo é opaco e sólido.

São, então, duas flâmulas de neve choradas pelas fissuras das telhas.

Estamos em Julho, amante morena, mas estivéssemos nós em Dezembro, o alento do quarto já teria derretido os flocos de que falas.

São, então, dois gravetos de espinheiro nos lábios das persianas.

A nossa mansarda fica lá em cima, e que eu saiba o espinheiro não cresce tão alto.

Alors ce sont deux cols de cygne.

Nous n'avons pas de cygnes dans la chambre, et puis un col de cygne est souple et d'harmonie, tandis qu'à la manière des serpents ces choses-là se tordent.

Et si c'étaient deux ce que tu viens de dire ?

Deux serpents, veux-tu rire, blancs ?

On a vu des serpents boire infiniment de lait.

Personne avec toi n'est entré ?

Personne que ma chevelure.

Comment se seraient-ils introduits en ce cas ?

Aurais-tu peur de deux serpents qui burent trop de lait ?

Prend garde, Marcelle ! ils vont sauter sur toi ! viens, oh viens près du lit !

Laisse donc ces fœtus du sommeil !

Ils ont sauté, sauté jusqu'à ta gorge, ô ma pauvre ! et leurs queues nouées à tes épaules, voilà qu'ils se balancent dans tes gestes vers tes mains…

Fou, puisse ma caresse effacer ton cauchemar !

Ils assaillent mon lit, rampent vers mon cou… ah ! je les sens s'y joindre en collier de potence !

São, então, dois pescoços de cisne.

Nós não temos cisnes no quarto, e, além disso, um pescoço de cisne é flexível e gracioso, ao passo que, à semelhança das serpentes, estas coisas contorcem-se.

E se fossem duas disso que tu acabaste de dizer?

Duas serpentes, estás a gozar, brancas?

Já se viu serpentes beber leite sem parar.

Ninguém entrou contigo?

Ninguém a não ser a minha cabeleira.

Nesse caso, como teriam elas entrado?

Terias tu medo de duas serpentes que beberam demasiado leite?

Tem cuidado, Marcelle!, elas vão atacar-te! Vem, oh, vem para perto da cama!

Deixa estar esses fetos do sono!

Elas saltaram, saltaram-te para a garganta, ó meu pobre!, e com as caudas atadas aos teus ombros, eis que elas se balançam nos teus gestos em direcção às tuas mãos...

Louco, possa a minha carícia apagar o teu pesadelo!

Elas assaltam a minha cama, rastejam-me para o pescoço... ah! sinto-as unirem-se aí como corda de patíbulo.

Non, c'est moi qui t'enlace, bel halluciné…

Et quoi !… ces deux serpents qui burent trop de lait…

Seraient mes bras, ami, mes deux bras blancs…

Tes bras… tes deux bras blancs…

Paris, 1887.

Não, sou eu que te abraço, belo alucinado...

E então!... essas duas serpentes que beberam demasiado leite...

Eram os meus braços, amigo, os meus dois braços brancos...

Os teus braços... os teus dois braços brancos...

Paris, 1887.

POPULAIRE ET SYMBOLIQUE HISTOIRE DE LA VACHE ENRAGÉE

Aux jolies filles de Montmartre.

Maigre et maigre et davantage maigre encore, elle gambade, la pécore, elle gambade sur la Butte avec des cornes à la façon de Belzébuth, elle gambade et rue des boulevards extérieurs au Sacré-Cœur, paissant au hasard de la rue clous, crottins et boutons, timbres et bouts de cigare, culs de bouteilles et débris de chignons, tessons de porcelaine et cordes de guitare, longues baleines de corsets et bribes d'articles de l'oncle Sarcey.

Elle naquit dedans une poubelle, un cru matin de bise où l'hiver grelottait en chemise, dedans une poubelle elle naquit du gras baiser que s'y donnèrent le crachat d'un usurier et la verrue d'un vieux notaire, un cru matin de bise où l'hiver grelotta en chemise, elle naquit dedans une poubelle.

D'abord on s'écria : «C'est un chameau ! peut-être un dromadaire à la tête de veau !» Et de l'ouest et du nord au midi, bientôt c'est la question qu'un chacun étudie. Chicago braque ses téléscopes, Montmartre ses microscopes. Est-ce Pégase ? Rossinante ? ou le hihan de Buridan ? ou quelque épave de l'Apocalypse ? ou le grand

POPULAR E SIMBÓLICA HISTÓRIA DA VACA ENFURECIDA

Às lindas raparigas de Montmartre.

Magra e magra e ainda mais magra, ela salta alegremente, a serigaita, ela salta alegremente na Colina com cornos de Belzebu, ela salta alegremente e escoiceia pelas alamedas exteriores do Sacré-Cœur, pastando ao acaso na rua pregos, excrementos e botões, selos e pontas de cigarro, fundos de garrafas e restos de carrapitos, cacos de porcelana e cordas de guitarra, longas barbas-de-baleia para espartilhos e sobras das crónicas do tio Sarcey(27).

Ela nasceu num caixote do lixo, numa crua manhã de bisa, em que o Inverno tremia em camisa, dentro de um caixote do lixo ela nasceu do gorduroso beijo que deram o escarro de um agiota e a verruga de um velho tabelião, numa crua manhã de bisa, em que o Inverno tremia em camisa, ela nasceu dentro de um caixote do lixo.

Primeiro, gritou-se: «É um camelo! talvez um dromedário com cabeça de vitelo!» E do oeste e do norte ao sul, logo se tornou essa a questão que a todos ocupava. Chicago aponta os seus telescópios, Montmartre os seus microscópios. Será o Pégaso? Rocinante? ou o hi-han(28) de Buridan(29)? ou algum destroço do Apocalipse? ou a

prix de cette année ? ou l'alezan de Montjarret ? ou la bourrique de Francisque ? Et là-dessus, tout l'univers soupire, tire la langue et sue, tel un fromage de Hollande qui serait le crâne de Shakespeare, — lorsque s'avance un savantasse en us opinant à travers le vert de ses deux verres : «Ce n'est pas, que je sache, une bête vulgaire ; néanmoins, plus je la considère par son trou d'anus et plus s'annonce une vache ordinaire entre toutes les vaches, mais une vache en vérité qui, pour avoir la graisse en moins, n'en a pas moins la rage en plus !

Depuis, maigre et maigre et davantage maigre encore, elle gambade, la pécore, elle gambade sur la Butte avec des cornes à la façon de Belzébuth, elle gambade et rue des boulevards extérieurs au Sacré-Cœur, paissant au hasard de la rue clous, crottins et boutons, timbres et bouts de cigare, culs de bouteilles et débris de chignons, tessons de porcelaine de l'oncle Sarcey.

Plate en bedaine mêmement qu'une morue de grand carême, elle a le front pareil au front d'un huissier marié ; sa queue c'est une ficelle avec un peu d'étoupe en houppe au bout ; ses côtes deux rangées d'invalides semelles ; ses mamelles des tétons de vieille maquerelle, et quand beugle la bête on se figurerait que pète un gros propriétaire du quartier Marbeuf.

Mince ! oh ! si mince que sa forme à la longue échappe aux prunelles du monde ! sorte de monstre aux lignes ravagées, cette Vache enragée qu'un soir j'ai rencontrée venant à l'urinoir qui lui sert d'abreuvoir, car, ce fantôme, pour le voir, il faut avoir les yeux qui savent voir, ainsi qu'en ont ceux-là qui vont en longs cheveux, longs cheveux en rafale, bons poètes à qui sont saisissables les Idées pures comme aussi les Idées sales, nymphes de Dieu, putains du Diable.

Maigre et maigre et davantage maigre encore, elle gambade, la pécore, elle gambade sur la Butte avec des cornes à la façon

grande lotaria deste ano? ou o alazão de Montjarret? ou o burrico de Francisco([30])? E, lá em cima, todo o universo suspira, língua de fora e a suar, como um queijo da Holanda que seria a caveira de Shakespeare — enquanto avança o sabichão do costume opinando através do verde das suas duas lentes: «Não é, que eu saiba, uma besta vulgar; contudo, quanto mais examino o seu olho do cu mais se parece uma vaca igual a todas as vacas, mas em verdade uma vaca que, apesar de ter gordura a menos, não deixa de ter fúria a mais.

Desde então, magra e magra e ainda mais magra, ela salta alegremente, a serigaita, ela salta alegremente na Colina com cornos de Belzebu, ela salta alegremente e escoiceia pelas alamedas exteriores do Sacré-Cœur, pastando ao acaso na rua pregos, excrementos e botões, selos e pontas de cigarro, fundos de garrafas e restos de carrapitos, cacos de porcelana do tio Sarcey.

Lisa de barriga como um bacalhau de quaresma, tem a testa parecida com a testa de um porteiro casado; a sua cauda é um cordel com um tufo de estopa no fim; as suas costelas, dois renques de inválidas solas; os seus seios, as mamas de uma velha cafetina, e quando a besta muge, pensar-se-ia que se peida um gordo proprietário do bairro Marbeuf([31]).

Magra! oh! tão magra que a sua forma alongada se furta aos olhos do mundo! espécie de monstro com contornos devastados, essa Vaca enfurecida que uma noite encontrei quando ia ao urinol que lhe serve de bebedouro, pois para ver esse fantasma é preciso ter olhos que saibam ver, como os têm aqueles que vão de longos cabelos, longos cabelos ao vento, bons poetas para quem são apreensíveis tanto as Ideias puras como as Ideias sujas, as ninfas de Deus, as putas do Diabo.

Magra e magra e ainda mais magra, ela salta alegremente, a serigaita, ela salta alegremente na Colina com cornos de Belzebu,

de Belzébuth, elle gambade et rue des boulevards extérieurs au Sacré-Cœur, paissant au hasard de la rue clous, crottins et boutons, timbres et bouts de cigare, culs de bouteilles et débris de chignons, tessons de porcelaine et cordes de guitare, longues baleines de corsets et bribes d'articles de l'oncle Sarcey.

Ô Vache symbolique, ils te connaissent bien les pâles gueux aux longs cheveux mélancoliques, chercheurs d'absolu dont la bourse n'est plus qu'une immense punaise ! ils te connaissent bien, synthèse des souffrances de la terre dure, ô somme de tortures et de désespérances ! ils te connaissent bien, poche de fiel et de poison, outre de lies et de folies, bâche de lâchetés, couffe de trahisons, sacoche de remords et sac de cauchemars, cornemuse d'injures de la foule ignoble, ô goule, ils te connaissent bien ceux-là qui n'ont sous le soleil et sous la lune que les nichons de leur mignonne pour fortune ! ils te connaissent bien, hôtesse des jours noirs, et visiteuse des nuits blanches, Vache des vendredis, et Vache des dimanches, Vache d'été, Vache d'hiver, Vache du jamais sourire et du toujours souffrir, Vache d'enfer et du dernier soupir !

Car tu sais où s'alarment les âmes en peine des chambres sans pain, dont quatre à quatre si souvent tu grimpes les marches qui grincent pour t'aller mirer de janvier à décembre en l'infini de la Souffrance Humaine — puisqu'un poète, quand il souffre, c'est en somme qu'ensemble tous les hommes souffrent ! Ô ces mansardes où, semblable à quelque chèvre fantastique au bord d'un gouffre, d'un gouffre sans fin, tu danses ta macabre danse autour des lèvres du rêveur creusé par les lugubres taupes de la faim !

Et c'est alors que la mâchoire, diadème d'ivoire sur le génie blême de par l'agonie, et c'est alors que la mâchoire du poète pauvre saute sur ta peau, ta peau d'ignominie, mordant à pleines dents ta vision, Vache d'illusion, et mâche l'hypothèse coriace de

ela salta alegremente e escoiceia pelas alamedas exteriores do Sacré-Cœur, pastando ao acaso na rua pregos, excrementos e botões, selos e pontas de cigarro, fundos de garrafas e restos de carrapitos, cacos de porcelana e cordas de guitarra, longas barbas-de-baleia para espartilhos e sobras das crónicas do tio Sarcey.

Ó Vaca simbólica, eles conhecem-te bem, os pálidos mendigos de longos cabelos melancólicos, exploradores do absoluto cuja carteira não é mais do que um imenso percevejo! eles conhecem-te bem, síntese das misérias da terra cruel, oh, soma de torturas e de desespero! eles conhecem-te bem, algibeira de fel e de veneno, outra de borras e de loucuras, toldo de cobardias, cabaz das traições, sacola de remorsos e saco de pesadelos, gaita-de-foles das injúrias da turba ignóbil, ó goule([32]), eles conhecem-te bem, esses que não têm por fortuna sob o sol e sob a lua senão os seios da sua dilecta! eles conhecem-te bem, anfitriã dos dias negros e visitante das noites brancas, Vaca das sextas-feiras e Vaca dos domingos, Vaca do Verão, Vaca do Inverno, Vaca do jamais sorrir e do sempre sofrer, Vaca do inferno e do último suspiro!

Pois tu sabes onde se sobressaltam as contritas almas dos quartos sem pão, onde tantas vezes escalas quatro a quatro os degraus que rangem para ires olhar de Janeiro a Dezembro o infinito do Sofrimento Humano — porque um poeta, quando sofre, é a suma que abarca todos os homens que sofrem! Oh, essas mansardas onde, semelhante a uma qualquer cabra fantástica na beira de um abismo, de um abismo sem fim, tu danças a tua macabra dança em redor dos lábios do sonhador escavado pelas lúgubres toupeiras da fome!

E é agora que o maxilar, diadema de marfim sobre o génio lívido de agonia, e é agora que o maxilar do poeta pobre salta sobre a tua pele, a tua pele de ignomínia, mordendo com todos os dentes a tua visão, Vaca de ilusão, e mastiga a coriácea hipótese dos teus flancos

tes flancs dont les sinistres sang et lait d'absence (ô festin d'ironie !) descendent répandre en le convive une rage où naufrage la vie : rage des poings tordus vers la Beauté perdue, rage des orgueils brisés par les tragiques vents de catastrophe aux quatre écueils de l'Épouvante, rage des hauts aigles vaincus et des lions martyrisés et des géants cloués par le néant sur le gibet de tes lois ridicules, ô Vache, — ô Société ! — rage dont le fort de corps et d'âme sort (quand il en sort !) avec la palme de la Gloire, le faible avec la mort et le mépris de la Mémoire !

Maigre et maigre et davantage maigre encore elle gambade, la pécore, elle gambade sur la Butte avec des cornes à la façon de Belzébuth, elle gambade et rue des boulevards extérieurs au Sacré-Cœur, paissant au hasard de la rue clous, crottins et boutons, timbres et bouts de cigare, culs de bouteilles et débris de chignons, tessons de porcelaine et cordes de guitare, longues baleines de corsets et bribes d'articles de l'oncle Sarcey.

Montmartre, 1897.

cujos sinistros leite e sangue da ausência (oh, festim de ironia!) descem a derramar no conviva uma fúria em que naufraga a vida: fúria dos punhos fechados para a Beleza perdida, fúria dos orgulhos feridos pelos trágicos ventos da catástrofe nos quatro escolhos do Horror, fúria das altivas águias vencidas e dos leões martirizados e dos gigantes imobilizados pelo nada sobre o patíbulo das tuas leis ridículas, ó Vaca, — ó Sociedade! — fúria da qual o forte de corpo e alma sai (quando de lá sai!) com a palma da Glória, o fraco com a morte e o desprezo da Memória!

Magra e magra e ainda mais magra, ela salta alegremente, a serigaita, ela salta alegremente na Colina com cornos de Belzebu, ela salta alegremente e escoiceia pelas alamedas exteriores do Sacré-Cœur, pastando ao acaso na rua pregos, excrementos e botões, selos e pontas de cigarro, fundos de garrafas e restos de carrapitos, cacos de porcelana e cordas de guitarra, longas barbas-de-baleia para espartilhos e sobras das crónicas do tio Sarcey.

Montmartre, 1897.

AVE, MASSILIA

À Edmond Rostand.

Règne de sa majesté la fleur ! arène de la cigale et de l'abeille parmi le trin du fifre avec le tambourin ! mosaïque de l'ail, de l'olive, de la fève, de la figue, du raisin, de la cerise, de la nèfle, de l'avélane, de l'amande, de la chichourle, de l'azerole, de la sorbe, de l'oignon, de la pomme d'amour, de l'aubergine, du poivron, du concombre, de la pastèque, du melon, du caroube, de la pistache, du piment, de la datte, de la banane ! fanfare de la sardine vive, de la brousse du Rove et de la betterave de Gardane ! triomphe de la favouille, de l'oursin, de la clovisse, de la moule, de la marluce à la matrace, de la brandade et de la bouillabaisse où se hérisse la rascasse ! apothéose du nougat, du muscardin, du berlingot, des santons, de la pompe et des chichis fragis de la Noël, de Pâques et de la Saint-Michel ! foire de Pistachié, du Bohémien, du Maire, du Ravi, du Roi Maure et de l'Ange de la Crèche ancienne ! Marseille au collier d'agachons ! Marseille à la tayole de cabanons ! eldorado de brunes filles aux hanches de féerie et de sveltes garçons au gosier d'opéra ! fière cité coiffée de tuiles comme d'un rouge bonnet de Phrygie ! ville aux balcons et terrasses de balicot où tout rit, tout caligne, tout

SALVE, MASSÍLIA[33]

A Edmond Rostand.

Reino de sua majestade, a flor! arena da cigarra e da abelha entre o trino do pífaro e da pandeireta! mosaico do alho, da azeitona, da fava, do figo, da uva, da cereja, da nêspera, da avelã, da amêndoa, da chicória, da azerola, da sorva, da cebola, da maçã caramelizada, da beringela, do pimento, do pepino, da melancia, do melão, da alfarroba, do pistacho, da malagueta, da tâmara, da banana! fanfarra da sardinha viva, do Brousse[34] do Rove[35] e da beterraba de Gardane[36]! triunfo do caranguejo verde[37], do ouriço-do-mar, da amêijoa, do mexilhão, do bacalhau[38] acamado[39], da caldeirada à Provençal[40] e da sopa onde se eriça o rascasso[41]! apoteose do nogado, do arganaz[42], do rebuçado, das figuras de presépio, da pompa e dos efémeros alaridos[43] da festa de Natal, da Páscoa e de São Miguel! feira do Cobarde[44], do Boémio, do Presidente da Câmara, do Simples de Espírito, do Rei Mouro e do Anjo do Presépio antigo! Marselha rodeada dos esconderijos nas árvores[45]! Marselha das pequenas cabanas de pescadores[46]! eldorado de raparigas morenas com ancas de sonho e de esbeltos rapazes de garganta de ópera! orgulhosa urbe coberta de telhas como de um vermelho barrete Frígio[47]! cidade das varandas e dos terraços de

chante, tout claque, tout craque, tout danse, tout blague ! Marseille, splendide caresse entre une mer de lilas et des collines de farigoule que garde grandiose une Vierge d'or dressée dans une atmosphère de safran, ô Marseille, salut !

Salut, rivage où s'échoua la Magdeleine de folie qu'aima Celui par qui cette vilaine devint une jolie en paradis ! Salut, môle légendaire où la Beauté de Phidias s'en vint, à travers la farandole des flots et des fines guirlandes des brises, poser sa merveille ! ô Marseille païenne ! ô Marseille chrétienne ! joute de Vénus et de Puget ! galéjade de Mireille et de Monticelli ! Marseille, reine de l'harmonie, de l'amour, de la pitié : palme, laurier, fenouil, olivier ! Marseille, fille de l'Orient ! Marseille, amante de l'Espagne ! Marseille, maîtresse de l'Italie ! Marseille, sœur du monde entier ! Marseille, ô Marseille dont mon enfance a tété le soleil et sablé le mistral, je t'aime, ô mère, ô ma patrie, je t'aime et, malgré ma haine des marchands que recèle ton temple, Marseille, poète à son retour d'exil, je baise ton front d'aurore, tes yeux de cassis, ta bouche de grenade, tes seins d'orange et ton corps d'ambre, tes bras et tes cuisses de marbre, tes pieds de saphir, et je baise encore ton cœur de pourpre et ton âme de diamant, comme je baiserais l'arc-en-ciel de Dieu même, — ô Marseille, salut !

Marseille, 1899.

basílico onde tudo ri, tudo cintila, tudo canta, tudo aplaude, tudo se apaixona, tudo dança, tudo discute(48)! Marselha, esplêndida carícia entre um mar de lilases e colinas de tomilho que guarda grandiosa uma Virgem(49) de ouro erguida numa atmosfera de açafrão, ó Marselha, eu te saúdo!

Eu te saúdo, litoral onde encalhou a louca Madalena que amou Aquele por quem esta mulher feia se tornou bela no paraíso! Eu te saúdo, lendário molhe aonde a Beleza de Fídias chegou, na farândola das ondas e das finas grinaldas das brisas, para posar o seu assombro! ó Marselha pagã! ó Marselha cristã! justa de Vénus com Puget(50)! lenda de Mireille(51) e de Monticelli(52)! Marselha, rainha da harmonia, do amor, da piedade: palma, loureiro, funcho, oliveira! Marselha, filha do Oriente! Marselha, enamorada de Espanha! Marselha, amante de Itália! Marselha, irmã do mundo inteiro! Marselha, ó Marselha, onde a minha infância alimentou o sol e cobriu de areia o Mistral(53)! eu amo-te, ó mãe, ó minha pátria, eu amo-te e, apesar do meu ódio pelos vendilhões que se abrigam no teu templo, Marselha, poeta no seu regresso do exílio, eu beijo a tua fronte de aurora, os teus olhos de cássis, a tua boca de romã, os teus seios de laranja e o teu corpo de âmbar, os teus braços e as tuas coxas de mármore, os teus pés de safira, e beijo ainda o teu coração de púrpura e a tua alma de diamante, tal como beijaria o arco-íris do próprio Deus — ó Marselha, eu te saúdo !

Marselha, 1899.

L'ÉMANCIPATION DU VERBE

À Francis de Miomandre.

Le maximum de beauté ne peut être obtenu que par un contingent dû à l'énergie individuelle tout entière, c'est-à-dire un contingent relevant de tous les sens fédérés sous le contrôle de l'esprit.

La grappe des sensations au pressoir de la pensée, — et voici le vin de l'expression radieuse.

D'où une ivresse complexe qui fait palpiter un monde en l'âme du lecteur.

On ne saurait trop comparer l'écriture nouvelle, une dans son nombre, à l'accord résultant de maintes notes plaquées ensemble, mieux encore, au bouquet d'une page d'orchestration.

Des causes alliées en vue d'un effet simple, telle est vraiment l'expression plusieurs de l'art moderne.

Localisée dans ses bornes respectives, l'expression de littératures surannées apparaissait courte et sans auréole. Alors, pour reprendre notre comparaison musicale, on vivait l'âge de l'instrument à une seule corde, et les aèdes s'éternisaient sur la gamme. Nul n'aurait osé y joindre, chacun appréhendait de détruire l'harmonie régnante en lui imposant des cordes nouvelles

A EMANCIPAÇÃO DO VERBO

A Francis de Miomandre.

O máximo de beleza não pode ser obtido senão por um contingente formado pela energia individual como um todo, ou seja, por um contingente relevando todos os sentidos agrupados sob o controlo do espírito.

O cacho de sensações no lagar do pensamento — e eis o vinho da expressão luminosa.

Daí uma complexa embriaguez que faz palpitar um mundo na alma do leitor.

Não seria exagerado comparar a nova escrita, una no seu número, ao acorde resultante de inúmeras notas comprimidas, melhor ainda, ao buquê de uma pauta de orquestração.

Causas comuns tendo em vista um efeito simples, isso é verdadeiramente a expressão plural da arte moderna.

Localizada nos seus respectivos limites, a expressão de literaturas obsoletas parecia parca e sem auréola. Então, para retomar a nossa comparação musical, vivíamos a idade do instrumento de uma só corda, e os aedos eternizavam-se sobre a escala. Ninguém teria ousado juntar-se-lhe, todos receavam destruir a harmonia reinante impondo-lhe cordas novas

et d'ainsi provoquer une levée de boucliers qui seraient des oreilles.

Mais la sève du progrès se meut en devenir dans toutes les veines de la vie.

Les cordes allaient se multiplier en raison parallèle de l'évolution des oreilles.

En effet, les poètes de notre génération estimèrent qu'il seyait d'émanciper un art timide et d'étendre ses ressources, et, pour ainsi dire inéluctablement, parce que c'était l'heure logique, tous à la fois travaillèrent dans un recueillement à l'exploration de l'infini, au défrichement du mystère, à la culture de l'absolu ; bientôt l'on vit passer, messagers d'avant-garde, les premiers sons, ou plutôt les premiers mots ornés d'ailes, ailes rendant ces mots susceptibles de bondir de la réalité dans la métaphysique et de la féerie dans le domaine des choses.

Désormais on s'aperçut que le Verbe jouissait d'une existence authentique, que les vocables s'évadaient de la cosse ou de la gangue où tant de siècles les tinrent captifs afin de pénétrer dans la vie comme toutes les apparences et toutes les essences qu'ils signifiaient, ambitieux de paraître, de sentir, d'irradier, de penser, de chanter, de rire, de pleurer, d'aimer, de haïr, de mourir aussi, et l'on comprit que, parce qu'ils étaient les termes de la vie universelle et de l'humanité, les mots aspiraient à devenir humains et vivants.

Le geste et l'émotion étaient acquis au Verbe.

C'est pourquoi l'on vit les phrases jusque-là figées, vissées, crucifiées, déborder sur la marge et dépasser la page, portant dans leurs flancs ou sur leurs épaules les Idées dont elles contiennent les signes représentatifs.

Aussi bien l'œuvre nouvelle s'offrit-elle en symphonie animée, les poèmes nouveaux se manifestèrent-ils en véritables unités bactériologiques où tout vibrait à l'unisson comme dans la nature et dont le génie du poète ordonnait et réglait la synthèse.

Le miracle était accompli.

e desse modo provocar um cerrar de fileiras[54] que seriam orelhas.

Mas a seiva do progresso move-se num devir em todas as veias da vida.

As cordas multiplicar-se-iam na exacta proporção da evolução das orelhas.

De facto, os poetas da nossa geração consideraram que conviria emancipar uma arte tímida e aumentar os seus recursos, e, por assim dizer, inelutavelmente, porque era a hora certa, todos de uma vez trabalharam num recolhimento indiviso na exploração do infinito, na desflorestação do mistério, na lavoura do absoluto; em breve, vimos passar os primeiros batedores, os primeiros sons, ou melhor, as primeiras palavras ornadas de asas, asas tornando essas palavras susceptíveis de atacar a realidade na metafísica e o encantamento no domínio das coisas.

Doravante, apercebemo-nos de que o Verbo gozava de uma existência autêntica, de que os vocábulos se evadiam da vagem ou da ganga onde tantos séculos estiveram captivos, a fim de entrar na vida como todas as aparências e todas as essências que eles significavam, ambiciosos de parecer, de sentir, de irradiar, de pensar, de cantar, de rir, de chorar, de amar, de odiar, de morrer também, e compreendemos que, porque eram os termos da vida universal e da humanidade, as palavras aspiravam a tornar-se humanas e vivas.

O gesto e a emoção eram adquiridos ao Verbo.

É por isso que vimos as frases até então rígidas, aprisionadas, cruxificadas, transbordar a margem e sobressair na página, carregando nos seus flancos ou sobre os seus ombros as Ideias que contêm os signos representativos.

Do mesmo modo, a obra nova ofereceu-se em sinfonia animada, os poemas novos manifestaram-se em verdadeiras unidades bacteriológicas, em que tudo vibrava em uníssono como na natureza e em que o génio do poeta ordenava e regulava a síntese.

O milagre estava consumado.

Et l'envahissement de l'esprit s'opéra dès lors moyennant le concours, non plus seulement de l'ouïe, mais encore de tous les sens, — l'instrument s'étant métamorphosé en corps humain.

À travers les roseaux de la vie, déjà la Beauté montre ses yeux, ses seins, sa bouche, son âme, son cœur…

Paris, 1893.

E a invasão do espírito operou-se desde então mediante o concurso, não apenas já da audição, mas de todos os sentidos — tendo-se o instrumento metamorfoseado em corpo humano.

Por entre os juncos da vida, já a Beleza mostra os seus olhos, os seus seios, a sua boca, a sua alma, o seu coração...

Paris, 1893.

CHÈVRES PARISIENNES

À Lucien Descaves.

Cette Sodome et Gomorrhe de mixtures et de frelatages, Paris, n'a d'action déprimante, avais-je pensé jusqu'ici, que sur l'homme mis au point du reste par de successives et variées sujétions.

Je viens d'apprendre que l'influence néfaste s'étendait à tout être qui se risque en la capitale, fût-il excellemment réfractaire à la contamination de par la résistance de son tempérament ou de par la qualité de son instinct.

Un spectacle, le plus imprévu certes, m'édifia tantôt sur ce contagieux fléau des notions perdues.

De l'inouï dans du puéril !

Autant dire un requin dans une jarre d'huile.

Il s'agit de ces troupeaux de chèvres que mène à travers les rues un éphèbe enjolivé d'une flûte de Pan, groupe sorti, semble-t-il, du Virgile de quelque bibliothèque, mignons troupeaux qu'il me plaît à l'extrême rencontrer au cours de l'alambiquée cité, les raisins sonores du pâtre m'étant l'angélus d'une grille qui s'ouvre sur telles ingénuités de mon enfance.

CABRAS PARISIENSES

A Lucien Descaves.

Esta Sodoma e Gomorra de misturas e adulterações, Paris, não tem acção deprimente, pensava eu até agora, a não ser sobre o homem ajustado por sucessivas e variadas sujeições.

Acabei de descobrir que a nefasta influência se estendia a todo o ser que se arrisca na capital, mesmo que pela resiliência do seu temperamento ou pela qualidade do seu instinto ele seja genuinamente refractário à contaminação.

Um espectáculo, o mais inesperado, certamente, logo me instruiu acerca desse contagioso flagelo de noções perdidas.

O extraordinário no frívolo!

O mesmo é dizer um tubarão numa conserva de azeite.

Falamos desses rebanhos de cabras que um efebo embelezado com uma flauta de Pan conduz através das ruas, grupo saído, parece, do Virgílio de alguma biblioteca, graciosos rebanhos que muito me agradaria encontrar ao longo da arrebicada cidade, sendo as sonoras uvas do pastor para mim o ângelus de uma cancela que se abre sobre tais ingenuidades da minha infância.

(Maurice Beaubourg, précieux vicaire à la Baudelaire, ne me prête-t-il pas l'âme d'un berger — qui serait fol ?)

Ô ces gentillesses dont le passage métamorphose en prairie presque la chaussée !

Et puis :

Les chèvres, on dirait de très vieilles grand'mères

Bref, tout à l'heure, comme je parvenais au sommet de la rue Milton, m'apparaissent inopinément leurs pattes de devant levées contre un mur de la Tour d'Auvergne, des chèvres...

Devinez !

Elles broutaient, les pauvres, elles broutaient les affiches vertes, roses, bleues, jaunes, décollées par le vent : affiches de cirques, affiches de beuglants, affiches d'élections, affiches d'orviétans où dindonnisent des flacons et des pots, paonnent des candidats, grimacent des clowns, carmagnolent des catins d'arc-en-ciel.

Aucun doute. Les naïves bêtes, à la longue perverties par l'ambiance, s'imaginaient — de même que les hommes s'imaginent savourer de la nature dans les subtiles copies des traiteurs à la mode — ces chèvres, en mangeant ces affiches coloriées, s'imaginaient, dis-je, tout simplement brouter de l'herbe, du cythise, du thym, des chèvrefeuilles, des bleuets, des pissenlits...

Vrai, j'en ai pleuré.

Ô le lait produit par des affiches jaunes, bleues, roses, vertes !

Paris, 1890.

(Maurice Beaubourg[55], inestimável vicário à maneira de Baudelaire, não me empresta ele a alma de um pastor — que fosse louco?)

Oh, essas amabilidades cuja passagem metamorfoseia em prado até a calçada!

E depois:

As cabras, dir-se-iam avozinhas muito velhas

Resumindo, há pouco, quando tinha alcançado o cimo da rua Milton[56], apareceram-me inesperadamente as suas patas da frente alçadas contra um muro da Torre de d'Auvergne[57], cabras...

Adivinhai!

Elas pastavam, as pobres, elas pastavam os cartazes verdes, cor-de-rosa, azuis, amarelos, descolados pelo vento: cartazes de circos, cartazes de pequenos cafés de bairro, cartazes de eleições, cartazes de electuários[58], nos quais se emproam frascos e potes, se pavoneiam candidatos, fazem caretas palhaços, dançam a carmanhola[59] prostitutas coloridas.

Nenhuma dúvida. As ingénuas bestas, longamente pervertidas pelo ambiente, imaginavam-se — como os homens imaginam saborear a natureza nas subtis cópias dos cozinheiros da moda —, essas cabras, comendo esses cartazes garridos, imaginavam-se, digo eu, muito simplesmente a pastar erva, tomilho, madressilva, mirtilos, dentes-de-leão...

Verdade, fez-me chorar.

Oh, o leite produzido por cartazes amarelos, azuis, cor-de-rosa, verdes!

Paris, 1890.

LE TRÉPAS DU PUITS

À Remy de Gourmont.

Moulin ruineux qui serait dans le sol.

Haillons de lichen ; margelle usée par les cruches qui s'y posèrent, poules d'argile ; un rien de corde pend à la poulie, tresse défaite…

Chérissant les puits — car ils doivent être, dans l'existence des Choses, les mères consolatrices — je me penchai pour interroger son âme.

On l'avait bue.

Quelques gouttes à peine, très au fond, comme en un creux de main : constellation lointaine au bout d'une lunette d'astrologue, ou bien caresse au sein d'une mémoire.

J'eus pitié de cette carcasse où ne palpitait plus qu'un joyau frêle à vivre, et me pris à songer à ses oboles de fraîcheur.

Ô l'eau : vif désir des blonds déserts ! Absolution de la soif, miniature de l'Enfer !

Vieillissant d'âge en âge le regard de ma pensée, je vis sourdre de l'atmosphère, peu à peu, des blés, des lys, des pommes, des framboises, des iris…

Puis ces fruits et ces fleurs aboutirent à des formes humaines, et ce furent des bras, des gorges, des épaules, des joues, des yeux, des

A MORTE DO POÇO

A Remy de Gourmont.

Moinho em ruínas que estaria no chão.

Farrapos de líquenes; bordo usado pelas bilhas que ali pousaram, galinhas de argila, um pedacito de corda pende na roldana, trança desfeita...

Acarinhando os poços — pois eles devem ser, na existência das Coisas, as mães consoladoras —, inclinei-me para interrogar a sua alma.

Tinham-na bebido.

Algumas gotas apenas, muito ao fundo, como no côncavo das mãos: longínqua constelação no fim de uma luneta de astrólogo, ou então uma carícia no seio de uma memória.

Tive pena dessa carcaça onde não palpitava mais do que uma frágil jóia de vida, e desatei a sonhar com os seus óbolos de frescura.

Oh, a água: vívido desejo dos áureos desertos! Absolvição da sede, miniatura do Inferno!

Envelhecendo de geração em geração o olhar do meu pensamento, vi surdir da atmosfera, pouco a pouco, trigo, lírios, maçãs, framboesas, íris...

Depois, esses frutos e essas flores resultaram em formas humanas, e foram braços, pescoços, ombros, faces, olhos, cabeleiras: toda

: tout le jadis de femmes qui vinrent là de l'enfance à l'agonie du puits.

Derechef, enfin, la vision se transforma.

Ces formes nombreuses, fusionnant sur la margelle, se synthétisèrent en une considérable flamme analogue à une vaste langue pendante.

— Je fus la Soif-de-ce-pays ! dit-elle par des étincelles en guise de paroles.

— Infâme, criai-je, qui pus tarir l'immense fleur miraculeuse et te fis rabats et baudriers de joie avec les perles de son supplice lent !...

— Sa vie n'était-elle pas de mourir perle à perle ? objecta la Soif-de-ce-pays.

— Rouge étendard de l'égoïsme !

— Pas plus égoïste je ne fus que ne fut prodigue ce puits dont l'orgueil était fait de gosiers éteints. Et si ce puits te semble chagrin, c'est, crois-le bien, à cause des rares pistils laissés par mon respect final en son calice d'ombre.

Or, mon ire sainte et la proximité de l'Apparition (devant laquelle je suais comme un quartier de venaison) m'ayant altéré, je descendis innocemment au fond du puits — et j'y cueillis les gouttes dernières...

À l'orifice remonté, je ne vis plus la Soif-de-ce-pays, mais sur la margelle, à sa place, pétillait un héritage de rires sardoniques, — tandis qu'un crapaud, crachat énorme où se conservent des syllabes, coassait :

— Assassin !

Je compris !

Follement je m'enfuis, n'osant me retourner vers le puits, grand œil aveugle désormais.

En la forêt sombre où j'allais m'effacer, un oiseau rare chanta :

— Le puits est mort joyeux de t'avoir fait plaisir, et je viens t'offrir sa gratitude intarissable.

1890.

o passado de mulheres que vieram da infância à agonia do poço.

De novo, por fim, a visão se transformou.

Essas formas numerosas, fundindo-se sobre o bordo, sintetizaram-se numa enorme chama semelhante a uma longa língua pendente.

— Eu fui a Sede-deste-país! disse ela através de fagulhas à guisa de palavras.

— Infame, gritei eu, que conseguiste secar a imensa flor miraculosa e te fizeste couraças e boldriés de infelicidade([60]) com as pérolas do seu lento suplício.

— Não consistia a sua vida em morrer pérola a pérola? objectou a Sede-deste-país.

— Vermelho estandarte do egoísmo.

— Não fui mais egoísta do que esse poço que não foi pródigo e cujo orgulho era feito de goelas mitigadas. E se este poço te parece triste, é-o, crê-o bem, por causa dos raros pistilos deixados pelas minhas últimas condolências no seu cálice de sombra.

Ora, a minha santa ira e a proximidade da Aparição (perante a qual eu suava como um assado de caça grossa) perturbaram-me, desci inocentemente ao fundo do poço — e aí colhi as últimas gotas...

Quando voltei a subir à boca do poço, não mais vi a Sede-deste-país, mas sobre o bordo, no seu lugar, crepitava uma herança de risos sardónicos — enquanto um sapo, escarro enorme onde se conservam as sílabas, coaxava:

— Assassino!

Compreendi!

Fugi que nem um louco, não me atrevendo a olhar para o poço, doravante um grande olho cego.

Na sombria floresta onde eu ia desaparecer, um pássaro raro cantou:

— O poço morreu feliz de te ter agradado, e eu venho oferecer-te a sua inesgotável gratidão.

1890.

LE POÈTE

À Marius-Ary Leblond.

Apothéose de sa race entière, le poète en est l'héritier comptable.

Considérons donc son œuvre comme un monument d'alluvions dynastiques, voilà pour le passé, alluvions ornées d'essences prélevées sur les descendants de la lignée, voici pour l'avenir ; au milieu de ces valeurs futures et passées, les alliant au soleil du présent, le poète, négociateur.

À l'instant de créer, tous mes ancêtres, pasteurs des Alpes et fils d'Orient amenés par les tartanes bariolées, se coalisent en moi de concert avec ma postérité et s'entraînent aux fins de produire, grâce à mon entremise ordonnatrice, l'œuvre : collaboration multiple à ce point manifeste que l'inspiration m'apparaît comme une dictée intérieure — dictée soumise en vérité aux amendements et aux apports personnels du Poète à la merci de l'heure — et si absolue est quelquefois ma surprise de collaborateur effacé devant le mandataire responsable que tel Poème mien me semble un emprunt.

L'individualité est un centre d'éternité.

Consciemment ou non, le poète trempe sa plume dans le sang de sa race : sang partiel de l'univers.

O POETA

A Marius-Ary Leblond.

Apoteose de toda a sua raça, dela é o poeta o legítimo herdeiro.

Consideremos, portanto, a sua obra como um monumento de aluviões dinásticas, isto para o passado, e para o porvir, aluviões ornadas de essências extraídas dos descendentes da linhagem; no meio desses valores futuros e passados, aliando-os à luz do presente, o poeta, negociador.

No instante de criar, todos os meus antepassados, pastores dos Alpes e filhos do Oriente, trazidos por tartanas[61] coloridas, se coligam em mim em concertação com a minha posteridade e se exercitam a fim de produzir, graças à minha ordenadora mediação, a obra: nesse ponto, a múltipla colaboração mostra que a inspiração me aparece como um ditado interior — ditado sujeito, na verdade, às emendas e às adendas pessoais do Poeta à mercê do momento — e tão absoluta é por vezes a minha surpresa de colaborador anulado diante do mandatário responsável que tal Poema meu me parece um empréstimo.

A individualidade é um centro de eternidade.

Conscientemente ou não, o poeta molha a sua pluma no sangue da sua raça: sangue parcial do universo.

Réaliser selon les lois éternelles, c'est-à-dire passées, présentes et futures, de la vie humaine, en regard des lois immuables de la nature et des lois progressives de la science, voilà l'office du poète.

Des juges survinrent, hélas ! qui confinèrent la destinée du poète dans le parc des lieux communs jalonné de formules factices et fixèrent le goût, critérium officiel contraignant l'étalon à se conduire en mulet s'il veut être admiré.

N'est-ce pas interdire au poète de s'affirmer et de réaliser le mandat de sa totalité, de sa race, unique moyen d'apporter un tribut valable à la conquête de la Beauté ?

Par son droit d'élu, le poète recèle en lui-même les lois de son œuvre. Laissez-le donc libre de marquer le point d'évolution de sa race, son moment d'éternité, et si cet être de choix vous surprend par ses fruits imprévus, n'allez point tout de go conclure à soninanité.

Du juge ou du poète qui a tort ? Pas le poète assurément, puisqu'il suit loyalement sa destinée et qu'il obéit à son courage, alors que le juge obéit à sa crainte.

Comme s'il y avait à juger où il n'y a qu'à subir !

Est-ce donc un crime de traduire sa vie ? Est-ce donc une folie de préférer l'espace à la carcère et de naïvement procéder comme en physique, d'extraire suivant la nécessité ses diamants de deux contraires, de dévoiler des activités latentes jusqu'alors, tout en écoutant les voix intérieures que l'avenir et le passé croisent dans notre âme ?

Ce faisant, le poète réalise avec sagesse et logique.

C'est pourquoi ce protagoniste, récusé par les négateurs coutumiers des énergies humaines, est du moins adopté par les simples vivants parmi la vérité nue, par ceux-là qui spontanément comprennent les fleurs, les fruits, les troupeaux, la forêt, la montagne, la mer, le firmament, les phénomènes, les passions, toutes choses d'une compréhension prompte encore que d'une analyse laborieuse.

Fazer segundo as leis eternas, isto é, passadas, presentes e futuras, da vida humana, à luz das imutáveis leis da natureza e das progressivas leis da ciência, eis o ofício do poeta.

Apareceram juízes, infelizmente!, que confinaram o destino do poeta ao parque dos lugares-comuns balizado por fórmulas fictícias e fixaram o gosto, critério oficial constrangendo o garanhão a comportar-se como mula se quiser ser admirado.

Não é isso proibir o poeta de se afirmar e de concretizar a plenitude do seu desígnio, da sua raça, único meio de contribuir com um tributo válido para a conquista da Beleza?

Pelo seu direito de eleito, o poeta encerra em si as leis da sua obra. Deixai-o, pois, livre para marcar o ponto de evolução da sua raça, o seu momento de eternidade, e se esse ser de eleição vos surpreender com os seus resultados inesperados, não procurareis sem cerimónia concluir pela sua inanidade.

Entre o juiz e o poeta, quem está errado? Certamente não o poeta, uma vez que ele segue lealmente o seu destino e obedece à sua coragem, enquanto o juiz obedece ao seu medo.

Como se houvesse lugar para julgar onde não há senão que suportar.

É, portanto, um crime exprimir a sua vida? É, portanto, uma loucura preferir a liberdade ao cárcere e ingenuamente proceder como a natureza, extrair consoante a necessidade os seus diamantes de dois contrários, desvendar actividades latentes até agora, enquanto escuta as vozes interiores que o futuro e o passado cruzam na nossa alma?

Este feito, realiza-o o poeta com sabedoria e lógica.

É por esse motivo que este protagonista, renegado pelos costumeiros cépticos das energias humanas, é pelo menos adoptado pelos simples mortais no seio da verdade nua, por aqueles que espontaneamente compreendem as flores, os frutos, os rebanhos, a floresta, a montanha, o mar, o firmamento, os fenómenos, as paixões, todas as coisas passíveis de uma compreensão imediata, mais do que de uma laboriosa análise.

Il advient que des esprits, parmi les meilleurs, estiment la mesure dépassée par le poète moderne. Certes la saillie de l'étalon peut s'abuser parfois. Alors même ! Vaut-il pas mieux porter loin que court, ne serait-ce que pour la fierté du geste ? Or ces mêmes esprits insurgés contre les hardiesses de la poésie, ne daignant souffrir qu'une sensation se promène d'une classe dans une autre pour y butiner un supplément de richesse ni qu'un terme offre au voisin son pollen magique ni qu'une idée se croise avec telle idée rivale pour la procréation d'un miracle, ces mêmes esprits admirent néanmoins les témérités naturelles, croisements de chair, abeilles communiquant la poussière fécondante de cette fleur à cette autre, greffes savantes et le reste. Pourquoi réprouver ici ce qu'on approuve là ? pourquoi blâmer une création d'images toujours renouvelées ? enfin pourquoi défendre que les vieilles landes en friche de la littérature s'enrichissent d'une flore et d'une faune inespérées ?

Longtemps encore le poète nouveau verra traiter d'exagération ce qui n'est qu'anticipation.

Anticipation, certes !

Car, nous l'avons dit, le poète n'est pas seulement le résultat d'amont de son sang, mais le résultat d'aval aussi, aval dont un reflux mystérieux adjoint aux acquisitions du passé les prévisions de l'avenir, — conjecture si plausible qu'on qualifie de prophète le poète, c'est-à-dire d'homme en qui s'épanouit le futur et se révèle l'au-delà. Étant donné qu'il est l'apothéose de sa race, comment dénier au poète un art apothéotique ?

Que si, aux temps primitifs où l'huile ne participait pas encore à l'éclairage, quelque magicien avait trouvé l'électricité, lequel de ses contemporains l'eût osé mettre au pilori ?

Un Pilate, peut-être.

Gardons-nous de l'imiter.

Paris, 1897.

Acontece que alguns espíritos, entre os melhores, estimam a medida excedida pelo poeta moderno. É verdade que o garanhão pode por vezes abusar das cobrições[62]. Ainda assim! Não é melhor pecar por excesso do que por defeito, quando mais não seja pelo orgulho do gesto? Ora, esses mesmos espíritos insurgidos contra os descaramentos da poesia, não tolerando que uma sensação se passeie de uma classe para outra para aí colher um suplemento de riqueza, nem que um termo ofereça ao vizinho o seu pólen mágico, nem que uma ideia se cruze com a tal ideia rival para a procriação de um milagre, esses mesmos espíritos admiram, contudo, as ousadias naturais, cruzamentos de carne, abelhas propagando a fecundante poeira desta para aquela flor, enxertos conhecedores e o resto. Porquê reprovar aqui aquilo que aprovam lá? porquê censurar uma criação de imagens sempre renovadas? enfim, porquê impedir que os velhos terrenos baldios da literatura se enriqueçam de uma flora e de uma fauna inesperadas?

Durante muito tempo ainda o poeta novo verá tratar como exagero aquilo que não é senão antecipação.

Antecipação, sem dúvida!

Pois, nós dissemo-lo, o poeta não é apenas a montante o resultado do seu sangue, mas também o resultado a jusante, jusante cujo refluxo misterioso associa às aquisições do passado as projecções do futuro — conjectura tão plausível que classificamos o poeta de profeta, isto é, de homem em quem desabrocha o porvir e se revela o mais-além. Tendo em conta que ele é a apoteose da sua raça, como negar ao poeta uma arte apoteótica?

Que se, nos tempos primitivos em que o azeite não participava ainda da iluminação, algum mágico tivesse encontrado a eletricidade, qual dos seus contemporâneos teria ousado pô-lo no pelourinho?

Um Pilatos, talvez.

Salvaguardemo-nos de o imitar.

Paris, 1897.

LES FÉERIES INTÉRIEURES

(1907)

OS MARAVILHOSOS MUNDOS INTERIORES

(1907)

LA CHARMEUSE DE SERPENTS

À Alfred Jarry.

Sur l'orteil, nichons de proue, publique, elle se cambre, à poils : diadème à ses pieds, se délovant au déclic de son geste, lascivement jaillissent vers les yeux d'aiguail les serpents tout à l'heure assoupis, et la fille aussitôt s'abandonne au brasier de spirales que la foule pressent de rubis sous l'écaille, cependant que Satan, maître du cirque, renifle le festin en apprêts au fond de la crapule, car déjà les reptiles ont envahi la chair ciselée de flèches vives et vont consumer l'âme de l'idole qui se pâme, symbolique, en sa maligne apothéose de révolutions, un sifflet de vipère entre ses lèvres de cerise.

Foire de Montmartre, 1890.

A ENCANTADORA DE SERPENTES

A Alfred Jarry.

Sobre a ponta do pé, seios em proa, pública, ela curva-se, nua: diadema a seus pés, revelando-se na mola do seu gesto, lascivamente saltam aos olhos de orvalho as serpentes até há pouco entorpecidas, e a rapariga logo se abandona às espirais de fogo que a turba intui de rubis sob as escamas, enquanto Satanás, dono do circo, fareja os preparativos do festim no fundo da devassidão, porque os répteis já invadiram a carne cinzelada de flechas vivas e vão consumir a alma do ídolo que se pasma, simbólico, na sua maligna apoteose de revoluções, com um silvo de víbora entre os seus lábios de cereja.

Feira de Montmartre, 1890.

ÉPHÉMÈRES

À Robert de Souza.

Une poussière de vie fermente en le soleil.

À travers le crâne, grains menus de l'argile divine, farandolent les idées : motion folle où toutes les lignes géométriques, du triangle au losange, du carré au parallélogramme, du trapèze à l'icosagone, du cercle à l'ellipse, se tricotent, s'enchevêtrent, se coordonnent, s'épousent, et dans une promptitude telle que, les lignes se multipliant jusqu'à l'orgie, voici maintenant des figures solides, cônes, cubes, prismes, pyramides, cylindres, icosaèdres, sphères, parallélépipèdes, — des pensées !

César du rêve, le poète assiste à ce labeur magique.

D'un geste armé d'un haveneau, il pourrait capturer ces agrégats et les attirer dans le monde sensible, mais l'heure est à l'égoïsme à moins qu'elle ne soit à la révolte.

À quoi bon offrir ces statuettes et ces vases à l'Humanité qui répond d'un crachat et détourne les yeux ? Le chef-d'œuvre

EFÉMERAS

A Robert de Souza.

Uma poeira de vida fermenta ao sol.

Através do crânio, pequenos grãos de barro divino, farandolam as ideias: louco movimento no qual todas as linhas geométricas, do triângulo ao losango, do quadrado ao paralelogramo, do trapézio ao icoságono, do círculo à elipse, se tricotam, se enredam, se coordenam, se conjugam, e com uma rapidez tal que, multiplicando--se as linhas até à orgia, são agora figuras sólidas, cones, cubos, prismas, pirâmides, cilindros, icosaedros, esferas, paralelepípedos — pensamentos!

Imperador do sonho, o poeta assiste a esse mágico labor.

Com um gesto armado de camaroeiro, ele poderia capturar esses conjuntos e lançá-los no mundo sensível, mas a hora é de egoísmo, a não ser que seja de revolta.

Qual o sentido de oferecer essas estatuetas e essas jarras à Humanidade, que retribui com um escarro e desvia os olhos?

lui importe si peu désormais. Le temps n'est plus à la Beauté. Réjouissons-nous donc un instant de cette céramique entre le songe et la réalité, puis qu'elle se brise dans l'oubli.

Le soleil se voile, et l'essaim myriadaire s'évanouit dans le néant.

Vallée de Chevreuse, 1896.

A obra-prima diz-lhe agora tão pouco. O tempo não é mais o da Beleza. Desfrutemos, pois, por um momento, desta cerâmica entre o sonho e a realidade, já que ela se estilhaça no olvido.

O sol encobre-se, e a miríade do enxame esvanece-se no nada.

Vallée de Chevreuse, 1896.

LA CARAFE D'EAU PURE

À Jules Renard.

Sur la table d'un bouge noir où l'on va boire du vin rouge.

Tout est sombre et turpitude entre ces quatre murs.

La mamelle de cristal, seule, affirme la merveille de son eau candide.

A-t-elle absorbé la lumière plénière de céans qu'elle brille ainsi, comme tombée de l'annulaire d'un archange ?

Dès le seuil de la sentine sa vue m'a suggéré le sac d'argent sage que lègue à sa louche filleule une ingénue marraine ayant cousu toute la vie.

Voici que s'évoque une Phryné d'innocence, jaillie d'un puits afin d'aveugler les Buveurs de sa franchise.

En effet, j'observe que la crapule appréhende la vierge…

Il se fait comme une crainte d'elle…

Les ronces des prunelles glissent en tangentes sournoises sur sa panse…

Le crabe des mains, soucieuses d'amender leur gêne, va cueillir les flacons couleur de sang…

Mais la Carafe, aucun ne la butine.

A GARRAFA DE ÁGUA PURA

A Jules Renard.

Sobre a mesa de uma sórdida tasca onde vamos beber vinho tinto.

Tudo é sombrio e torpe entres estas quatro paredes.

A mama de cristal, sozinha, assegura a maravilha da sua cândida água.

Terá ela absorvido a totalidade da luz do lugar para que brilhe assim, como que caída do anelar de um arcanjo?

Logo no umbral da sentina a sua visão me sugeriu uma sábia bolsa de prata que lega à sua afilhada vesga uma ingénua madrinha que toda a vida coseu.

Eis que se evoca uma Friné de inocência, jorrada de um poço a fim de cegar os Bebedores com a sua pureza.

De facto, eu observo como o crápula agarra a virgem...

Pode ser que por medo dela.

Os espinhos dos abrunhos deslizam em traiçoeiras tangentes sobre o seu ventre.

A pinça das mãos, empenhadas em emendar o embaraço, colhe os frascos cor de sangue...

Mas a Garrafa, ninguém a reclama.

Quelle est donc sa farouche vertu ?

Viendrait-elle, cette eau, des yeux de vos victimes, Buveurs, et redoutez-vous que s'y reflètent vos remords, ou bien ne voulez-vous que soient éteints les brasiers vils de vos tempes canailles ?

Et je crus voir leur Conscience sur la table du bouge noir où l'on va boire du vin rouge !

Boulevard de la Chapelle, 1889.

Qual é, então, a sua feroz virtude?

Viria ela, essa água, dos olhos das vossas vítimas, Bebedores, e receais vós que aí se reflictam os vossos remorsos, ou não quereis que se apaguem os vis incêndios das vossas têmporas canalhas?

E eu pensei ver a Consciência deles sobre a mesa da sórdida tasca aonde vamos beber vinho tinto.

Alameda de la Chapelle, 1889.

LÉZARDS

À Pierre Vaillant.

Ce banc de lumière où sont assis les vieux du village et vers qui déferlent des joueurs de billes m'effare ainsi qu'un étal macabre.

Chaque année, les vacances venues, c'est un vide nouveau, mélancolique, alors je vais voir quelques cheveux d'argent nager de plus en mon miroir.

Ce matin les vieillards étaient plusieurs de moins.

Cela fit froid dans ma jeunesse et je sentis un besoin de soleil.

Je ne veux plus compter les buveurs de rayons.

Hélas ! quoi que je tâche, me viendra cette soif de soleil.

À mon tour, comme eux, je serai là, bêlant, livide, la gencive ruineuse, la prunelle usée…

Quelque soir les enfants, gênés par moi, piailleront :

— Nous voulons maintenant jouer à la marelle, allez plus loin !

Et pour leur faire de la place, doucement je m'en irai vers les cyprès.

Camaret, 1892.

LAGARTOS

A Pierre Vaillant.

Este banco de luz onde se sentam os velhos da aldeia e em direcção ao qual se espraiam os jogadores de berlindes assombra-me como um quiosque macabro.

A cada ano, chegadas as férias, é um novo vazio, melancólico, e eu encontro alguns cabelos grisalhos a mais a nadar no meu espelho.

Esta manhã havia menos velhos.

Isso arrefeceu a minha juventude e eu senti necessidade de calor.

Não quero mais contar os bebedores de raios solares.

Oh! por mais que me esforce, esta sede de sol virá.

Pela minha parte, como eles, eu estarei lá, entaramelando, lívido, as gengivas estragadas, as pestanas gastas...

Uma noite, as crianças, incomodadas comigo, choramingarão:

— Agora queremos jogar à macaca, afastai-vos!

E para lhes dar espaço, lentamente irei para os ciprestes.

Camaret, 1892.

LE PÈLERINAGE DE SAINTE ANNE

À Mme Sarah Bernhardt.

Les cinq Gars de faïence, à la peau de falaise, aux yeux couleur d'océan qui s'apaise, vont, bras dessus, vers la chapelle peinte où, vieillement jolie, sourit la bonne Sainte.

Mises dimanchement, emparfumées de marjolaine, bras dessous les accompagnent les cinq Promises de porcelaine mignonnes comme des joujoux et dont la joue rayonne ainsi qu'une pomme d'api, — car ils reviennent des baleines, des lugubres baleines aux vilaines bouches, les salubres marins destinés à leurs couches.

Donc la guirlande juvénile vers Sainte-Anne marche, à travers la lande puérile, les lins et les moulins, les ruches, le blé noir, les meules, les manoirs, les clochers de pain bis, les vaches, les brebis, et les chèvres bêlant à la manière des aïeules.

Et, l'âme vive, l'on arrive à la chapelle peinte où, vieillemment jolie, sourit la bonne Sainte.

Viennent offrir, les fils des vagues, leur offrande viennent offrir à la Marraine aux fins yeux d'algue, à la Marraine des marins, qui, les sauvant des loups gloutons du vent noroît, guida leurs grands moutons de bois vers le bercail de Cornouailles.

A PEREGRINAÇÃO DE SANTA ANA

À Sra. Sarah Bernhardt.

Os cinco Rapazes de faiança, com pele de falésia, olhos cor de oceano que se acalma, dirigem-se, de braço dado, para a capela pintada onde, envelhecidamente bela, sorri a boa Santa.

Domingueiramente aperaltadas, perfumadas de manjerona, acompanham-nos de braço dado as cinco Prometidas de porcelana, mimosas como bonecas e cuja face brilha como uma maçã camoesa — pois eles regressam das baleias, das lúgubres baleias de terríveis bocas, os salubres marinheiros destinados aos seus leitos.

A guirlanda juvenil caminha, pois, em direcção a Santa Ana, através da pueril charneca, dos linhos e dos moinhos, das colmeias, do trigo-mourisco, das mós, dos solares, dos campanários escuros([63]), das vacas, das ovelhas e das cabras balindo à maneira dos bisavós.

E, de coração aberto, chega-se à capela pintada, onde, envelhecidamente bela, sorri a boa Santa.

Vêm oferecer, os filhos das ondas, a sua oferenda, vêm oferecer à Madrinha de finos olhos de alga, à Madrinha dos marinheiros, que, salvando-os dos vorazes lobos do vento norte, guiou as suas grandes armaduras de madeira rumo ao porto([64]) da Cornualha.

Et les voici cherchant au tréfonds de leurs poches, sous le bonjour des cloches, et les voici cherchant le Cœur d'or ou d'argent juré devant l'écueil qui peinturlure en deuil les femmes de futaine allant pleurer à la fontaine…

Et les voilà cherchant le Cœur d'or ou d'argent, cependant que sur l'herbe et la mousse, lassées par la route, elles s'étendent toutes, les douces fiancées aux longs cheveux de gerbe.

Mais ils ne trouvent dans leurs poches, sous le bonjour des cloches, ne trouvent que des sous, du corail, de l'amadou, puis des médailles ; les Cœurs d'or ou d'argent nullement.

Surpris, et pâles plus que des surplis, aussitôt ils comprennent qu'ils oublièrent au village l'ex-voto.

Lors pleurent les marins, dociles pèlerins, qui point ne veulent faire veuve des cadeaux la Sainte aux fins yeux d'algue envoyant des radeaux aux voyages fragiles, — tant on devient pieux d'aller par la mer bleue sous la superbe croix du mât et de la vergue !

Dans la brise, tout bas, déjà dorment les Promises de porcelaine emparfumées de marjolaine.

*

Tout à coup, dressant le cou, les cinq Gars de faïence tirent de leur ceinture cinq couteaux plus brillants que cinq sardines de Lorient et se dirigent, sur l'orteil, vers les cinq vierges en sommeil.

Les oreilles d'icelles, emmi les tresses blondes, semblent des coquillages dans le sable de l'onde.

Comme pour faire des folies, les cinq Gars s'agenouillent devant les Jolies rêvant sur l'herbe verte ainsi qu'est verte une grenouille.

Lorsqu'a défait chaque jeune homme corsage et corselet où rient deux pommes de Quimperlé, voici qu'en les poitrines vives ils font d'un geste preste, avec des yeux de chandelier, font s'enfoncer les sardines d'acier.

E aqui estão eles, procurando nas profundezas dos seus bolsos, sob os bons-dias dos sinos, e aqui estão eles, procurando o Coração de ouro ou de prata jurado diante do escolho que tinge de luto as mulheres de fustanela([65]) que vão chorar à fonte([66])...

E ali estão eles, procurando o Coração de ouro ou de prata, enquanto sobre a erva e o musgo, esgotadas pelo caminho, elas se deitam, as doces noivas de longos cabelos apanhados.

Mas eles não encontram nos seus bolsos, debaixo dos bons-dias dos sinos, não encontram senão moedas([67]), coral, mechas, e depois medalhas; dos Corações de ouro ou de prata, nada.

Surpreendidos, e mais brancos do que sobrepelizes([68]), imediatamente se apercebem de que esqueceram na aldeia o ex-voto.

Choram então os marinheiros, dóceis peregrinos, que não querem fazer viúva das oferendas a Santa de finos olhos de alga enviando balsas para as frágeis viagens — tanto se tornaram devotos de ir pelo mar azul sob a majestosa cruz do mastro e da verga!

Na brisa, baixinho, já dormem as Prometidas de porcelana perfumadas de manjerona.

*

De repente, erguendo o pescoço, os cinco Rapazes de faiança puxam dos seus cintos cinco facas mais brilhantes do que cinco sardinhas de Lorient([69]) e dirigem-se em bicos dos pés para as cinco virgens adormecidas.

As suas orelhas, no meio das tranças louras, parecem conchas na areia das ondas.

Como quem comete uma loucura, os cinco Rapazes ajoelham-se em frente das Belas que sonhavam sobre a erva verde como verde é uma rã.

No momento em que cada um dos jovens desata corpetes e espartilhos nos quais riem duas maçãs de Quimperlé([70]), eis que sobre os peitos arfantes fazem um gesto preciso, e, com olhos de candelabro, afundam as sardinhas de aço.

Giclant soudain, du rose arrose la frimousse des anciens mousses. On dirait qu'un rosier de forge les pavoise d'un reflet, ou qu'ils mangèrent, jusqu'à la gorge et le gosier, des mûres et des framboises.

Leurs mains plongent enfin dans les poitrines belles et retirent cinq Cœurs, cinq Cœurs battant de l'aile.

Dans la brise, toujours dorment les Promises de porcelaine emparfumées de marjolaine.

Ensuite, ayant cousu les chairs — avec le fil du baiser cher en l'aiguille des dents — et refermé corsages corselets où rient deux pommes de Quimperlé, les cinq Gars de faïence entrent dans la chapelle peinte offrir les Cœurs, les Cœurs battant de l'aile, à la Sainte aux fins yeux d'algue qui, les sauvant des loups gloutons du vent noroît, guida leurs grands moutons de bois vers le bercail de Cornouailles.

*

Hélas ! quand ils sortirent devers la mousse et l'herbe, plus ne virent leurs Douces aux longs cheveux de gerbe.

Toutes là-bas partaient, partaient parmi la route qui, blanche, se déroule jusqu'au village où l'on roucoule.

Eux les appellent par leurs noms : Yvonne, Marthe, Marion, Naïc et Madeleine !

Mais point ne se tournent les belles, Yvonne, Marthe, Marion, Naïc et Madeleine ; et les vilaines au loin s'en vont.

Si loin que leur coiffelette, d'abord aile de mouette, devient aile de papillon, puis flocon de neige fondu par l'horizon…

Tombent alors en défaillance les cinq Gars de faïence tandis que disparaissent les cinq Promises de porcelaine emparfumées de marjolaine.

De cœur n'ayant plus, elles n'aimaient plus : Yvonne, Marthe, Marion, Naïc et Madeleine.

Esguichando de súbito, o vermelho rega(71) o rosto desses antigos musgos. Dir-se-ia que uma roseira de forja os embandeira num reflexo, ou que eles se teriam lambuzado, até à garganta e à goela, com amoras e framboesas.

As suas mãos mergulham por fim nos belos peitos e retiram cinco Corações, cinco Corações batendo as asas.

Na brisa, continuam adormecidas as Prometidas de porcelana, perfumadas de manjerona.

De seguida, tendo cosido as carnes — com o fio do precioso beijo na agulha dos dentes — e voltado a fechar corpetes e espartilhos nos quais riem duas maçãs de Quimperlé, os cinco Rapazes de faiança entram na capela pintada para oferecer os Corações, os Corações batendo as asas, à Santa de finos olhos de alga, que, salvando-os dos vorazes lobos do vento norte, guiou as suas grandes armaduras de madeira rumo ao porto da Cornualha.

*

Oh! quando eles saíram em direcção ao musgo e às ervas, não mais viram as suas Doces de longos cabelos apanhados.

Todas para lá iam, para lá iam pela estrada que, branca, se desdobra até à aldeia onde se canta languidamente.

Eles chamam-nas pelo nome: Yvonne, Marthe, Marion, Naïc e Madeleine!

Mas as belas não se voltam, Yvonne, Marthe, Marion, Naïc e Madeleine; e as aldeãs somem-se ao longe.

Tão longe que a sua coifazinha, ao princípio asa de gaivota, se torna asa de borboleta, depois floco de neve derretido pelo horizonte...

Caem então desfalecidos os cinco Rapazes de faiança enquanto desaparecem as cinco Prometidas de porcelana perfumadas de manjerona.

Já não tendo coração, elas já não amavam: Yvonne, Marthe, Marion, Naïc e Madeleine.

POESIA

Le magnifique jour où la poésie m'apparut dans sa plénitude, mon enthousiasme fut projeté d'un reflux de siècles fanés en un flux de siècles épanouis, sans que j'eusse pour cela cessé de chevaucher le présent, point d'intersection de ces siècles différents.

Alors que d'avantage en avantage évoluèrent toutes les catégories de l'esprit humain, celle esthétique m'avait dès longtemps surpris de son outrecuidance à se garder pareille. Ses instruments, la Poésie les améliora certes, à moins que d'eux-mêmes ils ne se fussent perfectionnés aux termes d'usure, mais jamais elle ne sut accroître son Éden propre, principauté stagnante entre tant de royaumes devenus, et son cercle de beauté se mord toujours la queue à distances égales du cœur universel.

Parmi la délivrance générale la poésie s'avère tenace recluse, non à cause de ses bornes verbales, secondaire obstacle, mais en ce sens que ses champions, asservis à la coutume, refusent de s'aventurer à la conquête de toisons nouvelles.

Comme si le poète ne devait pas être un prodigieux explorateur de l'Absolu !

Les Muses persistent, hélas ! à danser sur leur page d'écrou. De par l'ignorance ou la lâcheté des poètes, la Poésie s'enoisive en son geste ordinaire, et l'on estime suffisant qu'elle saute ainsi que la sauterelle au lieu de s'envoler à la façon de l'aigle avec mission

POESIA

No magnífico dia em que a poesia me apareceu na sua plenitude, o meu entusiasmo foi projectado de um refluxo de séculos emurchecidos para um fluxo de séculos desabrochados, sem que eu tivesse por isso parado de cavalgar o presente, ponto de intersecção desses diferentes séculos.

Apesar de todas as categorias do espírito humano evoluírem de aperfeiçoamento em aperfeiçoamento, essa estética há muito que me tinha surpreendido com a sua arrogância em permanecer igual. Os seus instrumentos, a Poesia certamente os melhorou, a não ser que por si mesmos eles não fossem aprimorados à força do uso, mas ela nunca soube alargar o seu próprio Éden, principado embutido entre tantos reinos a ser, e o seu círculo de beleza devora sempre a cauda à mesma distância do coração universal.

No meio da libertação geral, a poesia revela-se uma tenaz reclusa, não em virtude dos seus limites verbais, obstáculo secundário, mas no sentido em que os seus campeões, escravizados pelo costume, recusam aventurar-se na conquista de novos velos(72).

Como se o poeta não devesse ser um prodigioso explorador do Absoluto!

As Musas continuam, infelizmente!, a dançar sobre a sua página do registo de movimentações(73). A par da ignorância e da cobardia dos poetas, a Poesia enfada-se(74) no seu gesto ordinário, e considera-se

de ramener une proie de soleil. De là ces ressassements autour de règles surannées, de là ce ronron de tradition qui opiace les hommes et engourdit leur ambition, de là ce devenir paralysé, de là que, réincarnation, croirait-on, les premiers poètes foulent encore notre sol et que Virgile aujourd'hui conférencie à l'Odéon, comme hier Pindare collaborait au Mercure de France, comme Eschyle palabrera demain en plein air sur de vieilles dalles défouies, alors que nos orchestres renchérissent sur les lyres, les harpes, les pipeaux, les chalumeaux, les doubles-flûtes, les tambourins, les crotales, et que nos armées ne daignent plus utiliser les flèches parthes ni les redoutables catapultes d'autrefois. Reconnaissons quelques tentatives d'évasion à l'actif de Polymnie et de Melpomène, mais il n'y fut sujet que de ranimer des aciers héroïques ou de jeter des velours sur des épaules de féerie : on courtise la chimère, la cendre, les os, non la chair, non la vérité, non la vie.

L'assaut et l'irruption n'ont pas encore triomphé.

Tout donc évolua jusqu'ici, sauf la Poésie. Oui, tous ont progressé, le juge, le marchand, le mécanicien, le médecin, le philosophe, le chimiste, le physicien, tous ont progressé, mais le rapsode et l'aède psalmodient toujours Au Clair de la Lune et La Marseillaise, ignorant qu'une lente succession d'efforts, expansionnant d'âge en âge l'énergie poétique, l'eût rendue capable de splendeurs progressivement lointaines.

Comprendront-ils enfin que la Poésie peut devenir davantage que l'indicatrice de la Science et qu'elle est la Science elle-même dans son initialité ?

Signaler n'est-ce pas découvrir ?

Poètes, la poésie s'étiole de fabriquer des chaussons de lisière, fussent-ils de vair ou de diamant.

Élargissez donc le cercle.

Même si ce cercle petit est cependant assez grand pour se confondre avec celui du globe, petit lui-même, eh bien ! élargissez-le jusqu'à ce qu'il enserre l'éternité.

suficiente que ela salte como o gafanhoto em vez de alçar voo à maneira da águia com a missão de trazer uma presa de sol. Daí essa insistência em torno de regras obsoletas, daí esse ronrom de tradição que opiaça os homens e entorpece as suas ambições, daí esse devir paralisado, daí que, reencarnação, acredita-se, os primeiros poetas pisem ainda o nosso solo, e que Virgílio conferencie hoje no Odéon, como ontem Píndaro colaborava na *Mercure de France*(75), como Ésquilo longamente discursará amanhã ao ar livre sobre velhas lajes desenterradas, enquanto as nossas orquestras licitam liras, harpas, flautas de bisel, charamelas, flautas duplas, tamborins, crótalos, e que os nossos exércitos se recusam a continuar a utilizar as flechas partas e as temíveis catapultas de outrora. Reconhecemos algumas tentativas de fuga ao legado de Polímnia e Melpomene, mas sem outro objectivo que o de ressuscitar metais heroicos ou colocar veludos sobre os ombros do encantamento: corteja-se a quimera, as cinzas, os ossos, não a carne, não a verdade, não a vida.

O assalto e a investida não triunfaram ainda.

Tudo evoluiu até aqui, salvo a Poesia. Sim, todos progrediram, o juiz, o comerciante, o mecânico, o médico, o filósofo, o químico, o físico, todos progrediram, mas o rapsodo e o aedo salmodiam ainda «Meu amigo Pierrot»(76) e «A Marselhesa», ignorando que uma lenta sucessão de esforços, expandindo de geração em geração a energia poética, torná-la-ia capaz de esplendores cada vez mais remotos.

Compreenderão eles enfim que a Poesia pode tornar-se mais do que a indicadora da Ciência e que é ela própria a Ciência no seu início?

Assinalar não é descobrir?

Poetas, a poesia estiola-se a fabricar pantufas de debrum, fossem elas de pêlo de esquilo-vermelho ou de diamante.

Alargai, pois, o círculo.

Mesmo se o pequeno círculo é suficientemente grande para se confundir com o do globo, pequeno ele próprio, então!, alargai-o até que ele encerre a eternidade.

Pour servir l'humanité, sourire ou pleurer sur la terre et dans l'heure présente ne suffit point, au poète de creuser plus bas ou de s'élancer plus haut avec la volonté de revenir chargé d'inattendues trouvailles susceptibles d'enorgueillir le monde.

Dispensateur du progrès, le génie s'épanouit au choc des acquisitions passées avec les hypothèses futures sur la place de la Vie.

Qu'est-ce en effet qu'une victoire humaine, sinon de l'avenir ramené au présent, sinon une colonisation partielle de l'Inconnu ? Dieu, Ce pseudonyme de la Beauté ne demande qu'à céder à nos violences, car de même que l'ambition de l'homme consiste à se diviniser, celle de Dieu consiste à s'humaniser ; aussi bien la définitive apothéose de la Vie relèvera-t-elle de la collaboration des hommes et de Dieu, celui-ci n'étant que ceux-là prenant conscience de leur force.

Poètes, haussons nos âmes par-dessus les horizons et que nos vœux appareillent pour l'Infini !

Ce fut l'erreur du réalisme de promener ses yeux courts autour de notre pot-au-feu et de nous en faire don une seconde fois sans nous ménager les quatre épices et les clous de girofle ; à ce compte cet art ne fut qu'une kleptomanie généreuse, puisque par lui nous possédons deux fois une chose qu'il nous emprunta.

L'humanité perdit ainsi des temps à pivoter sur soi. L'office de l'art est d'offrir une première fois, de ce fait l'humanité s'enrichit vraiment. Pourquoi redire, non dire ? pourquoi refaire, non faire ? pourquoi copier, non créer ?

L'art ne consiste pas seulement à voir et à sentir son heure, mais principalement à prévoir et à pressentir par-delà les limites de son temps les idées impratiquées.

L'art véritable est anticipateur. Le poète ayant le don de fasciner les idées et de se les concilier, toute la sagesse humaine devra tendre à réaliser les conquêtes de celui-ci.

Para servir a humanidade, sorrir ou chorar sobre a terra e neste tempo não basta, não basta ao poeta escavar mais fundo ou abalançar-se mais alto com o desejo de regressar carregado de inesperados achados susceptíveis de orgulhar o mundo.

Facilitador do progresso, o génio floresce no embate das aquisições passadas com as hipóteses futuras na praça da Vida.

O que é afinal uma vitória humana, senão o futuro trazido para o presente, senão uma colonização parcial do desconhecido? Deus, Esse pseudónimo da beleza apenas pede para ceder às nossas violências, porque como a ambição do homem consiste em divinizar-se, a de Deus consiste em humanizar-se; a definitiva glorificação da Vida decorrerá da colaboração dos homens e de Deus, não sendo este senão aqueles tomando consciência da sua força.

Poetas, elevemos as nossas almas acima dos horizontes e que os nossos votos zarpem para o infinito.

Esse foi o erro do realismo, o de passear a sua visão limitada à volta do nosso guisado e de no-lo dar uma segunda vez sem nos poupar às quatro especiarias e ao cravo-da-índia; à conta disso, esta arte não foi senão uma cleptomania generosa, visto que por ele nós possuímos duas vezes uma coisa que ele nos pediu emprestada.

A humanidade perdeu assim tempo a girar sobre si mesma. O ofício da arte é o de oferecer uma primeira vez, deste modo a humanidade enriquece-se verdadeiramente. Porquê redizer, não dizer?, porquê refazer, não fazer?, porquê copiar, não criar?

A arte não consiste unicamente em ver e sentir a sua hora, mas principalmente em antever e pressentir além dos limites do seu tempo as ideias impraticáveis.

A verdadeira arte é antecipadora. Tendo o poeta o dom de atrair as ideias e de com elas se conciliar, toda a sabedoria humana deverá visar a realização das suas conquistas.

Du jour où le monde entier, sous le conseil d'un humble poète, consentira à voir Dieu et à l'exiger, Dieu se répandra parmi le monde, — et ce seront, réalisées, toutes les hypothèses des savants.

No dia em que o mundo inteiro, sob o conselho de um humilde poeta, consentir em ver Deus e em exigi-lo, Deus espalhar-se-á pelo mundo — e veremos, realizadas, todas as hipóteses dos sábios.

LA POIRE

À Georges Courteline.

Panse ronde, elle pend, unique en mon verger, comme une étoile du berger, elle pend sur le monde à la façon des lustres, cette poire illustre à cent lieues à la ronde.

Parents, amis, disciples, marchands, traiteurs, maîtresses, bonnes gens à foison, le cœur en pâmoison, les voici tous autour du tronc, faisant mûrir ce centre qui serait un ventre aux rayons convergents de leurs vœux, et vers sa gloire louis-philippe volutent l'encens de leur pipe, les roucoulades de leur flûte et l'ophidienne tresse de leurs blonds cheveux. Sous son masque où brille un œil à forme de nombril, le fruit de marbre assiste parmi l'arbre aux mille bruits de la foule en louanges, tel un ange bouffi suspendu par un fil à un nuage vert au-dessus d'une goule qui regarde en l'air. Elle pressent, la garce, tant d'essaims de dents là-bas dans la ruche des bouches que, dispose à la farce, de plus en plus elle enfle sa baudruche et s'arrondit comme une femme avant ses couches, et l'on te voit bientôt, ô poire des espoirs, grosse en raison de l'appétit des grands et des petits, tandis que se dilatent tes pépins, tes pépins identiques

A PÊRA

A Georges Courteline.

Pança redonda, ela pende, única no meu pomar, como uma estrela de alva, ela pende sobre o mundo à maneira dos lustres, esta pêra célebre a cem léguas de distância.

Parentes, amigos, discípulos, comerciantes, cozinheiros, amantes, gente simples a rodos, coração que desfalece, ei-los todos aqui em volta do tronco, amadurecendo esse centro que será um ventre com os raios convergentes dos seus votos, e em direcção à sua glória louis-philippe enrola em volutas o incenso do seu cachimbo, os arrulhos da sua flauta e a ofídica trança dos seus louros cabelos. Sob a sua máscara onde brilha um olho em forma de umbigo, o fruto de mármore assiste entre a árvore aos mil ruídos da multidão em louvor, como um anjo inchado suspenso por um fio de uma nuvem verde por cima de uma goule que olha para cima. Ela pressente, a meretriz, uma tal quantidade de enxames de dentes na colmeia das bocas que, disposta à farsa, enche cada vez mais o seu balão e se arredonda como uma mulher antes do parto, e ver-te-emos em breve, ó pêra das esperanças, gorda em função do apetite dos grandes e dos pequenos, enquanto se dilatam as tuas sementes, as

aux rognons d'un lapin. Et de croître en croître elle s'enfle et se gonfle à ce point qu'elle semble à la Nature mettre un furoncle à moins que ce ne soit un goitre, cette poire blette, énorme à croire que vraiment elle va pondre, et mûre tellement qu'un rien de plus elle va fondre. Mais un jour l'heure sonne où, cédant à son poids pour ne pas dire à son dessein, la poire entre les poires, notre Poire enfin, rompt son fil à la patte, choit à travers l'espace, dégringole, éclate et pétarade ainsi qu'un derrière chargé de ricin, s'épate veule dans les gueules béantes au-dessous des nez, — et toutes les personnes sont empoisonnées !

Panse ronde, elle pend, unique en mon verger, comme une étoile du berger, elle pend sur le monde à la façon des lustres, cette poire illustre à cent lieues à la ronde.

tuas sementes semelhantes aos rins de um coelho. E de crescimento em crescimento, ela incha e enche-se ao ponto de parecer à Natureza que ela acrescenta um furúnculo, quando não mesmo um bócio, esta pêra tocada, tão grande que faz pensar que ela vai mesmo pôr ovos, e amadurecer tanto que, se mais amadurecesse, derretia. Mas um dia chegará a hora em que, cedendo ao seu peso, para não dizer ao seu desígnio, a pêra entre as pêras, a nossa Pêra afinal, romperá o seu pedúnculo, desprender-se-á das alturas, cairá sem aviso, rebentará em petardos como um traseiro carregado de rícino, alastrando-se mole nas goelas abertas abaixo dos narizes — e todos serão envenenados!

Pança redonda, ela pende, única no meu pomar, como uma estrela de alva, ela pende sobre o mundo à maneira dos lustres, esta pêra célebre a cem léguas de distância.

L'AUTOPSIE DE LA VIEILLE FILLE

A Émile Bergerat.

Sur le marbre gisait le corps vieil et de cire : on eût dit une âme solide, perceptible.

Autour goguenardaient trois Carabins en tablier blanc, la pipe en la mâchoire, avec un air de tribunal décisif et final.

— O la voisine de l'église aux doigts jardiniers du missel !... ô la chèvrefille aux lins de nonne et coiffes de vallée !... ô la parleuse en feuilles mortes dans la brise !... ô la pucelle sans chemise !...

On allait voir : si c'était vrai !

Et les Impies écartent ainsi que les aiguilles d'un compas, voulant se rendre compte, écartent les deux jambes du corps vieil et de cire...

l'oiseau n'avait pas fait son nid

Déçus, les Carabins jettent ce chant de coq : — Cela ne prouve rien, sinon la peur de la bedaine puis du péché-qui-tette, ou que, prudente et sagace gourmande, la tartufe hantait le désir pers aux persiennes closes !... Mais nous allons savoir !

A AUTÓPSIA DA VELHA RAPARIGA

A Émile Bergerat.

Sobre o mármore, jazia o corpo velho e de cera: dir-se-ia uma alma sólida, perceptível.

Em redor, troçavam três estudantes de Medicina de bata branca, cachimbo na boca, com um ar de tribunal decisivo e final.

— Oh, a vizinha da igreja com dedos jardineiros do missal!... oh, a cabraflor(77) com linhos de freira e toucas campestres!... oh, a tagarela em folhas mortas na brisa!... oh, a donzela sem camisa!...

Íamos ver: se era verdade!

E os Ímpios afastam-se, tal como os bicos de um compasso, querendo perceber, afastam as duas pernas do corpo velho e de cera...

o pássaro não tinha feito o ninho

Desapontados, os estudantes de Medicina lançam o seu canto de galo: — Isso não prova nada, a não ser o medo da barriga depois do pecado-que-mama, ou que, prudente e sagaz gulosa, a falsa devota perseguia o desejo turquesa por trás de cortinas fechadas!... Mas nós vamos descobrir!

Les voilà qui décident la subtile autopsie — des Sens, en quelque sorte.

Eparpillant un zézaiement d'insectes crépusculaires, d'invisibles aciers — fines langues d'aspics — aussitôt conjuguent le cadavre. D'incrédules valses essoraient, en caragol, des pipes : fumées narquoises à la façon des moustaches qu'on frise.

*

Ses Pieds dévoilèrent des pèlerinages vers la naïve colline où la Firmamentale inspira, sous le sceau de son orteil fugitif, un bouquet d'eau consolatrice. La caresse fréquente et capricante d'un rosaire et divers touchers d'objets bénits émanèrent des Mains.

En ses Narines furent prises des senteurs d'encens, d'aubépines, de cierges, d'herbes sépulchrales, d'os précieux enfouis dans les cercueils de verre.

Derrière ses Dents pures, on trouva des saveurs d'hosties, de poissons à chair blanche, d'œufs, ainsi que l'abstinence de vins et de friandises.

Les deux Yeux produisirent, sous forme de banderoles diaphanes, des regards exprimant les cérémonies aux chasubles arcencélestes, des processions aux bannières laudatives, et telles visions miséricordieuses où florissent une Vierge avec des lys, un saint Pierre avec des clefs, un Poupon grandiose emmaillolté dans l'haleine d'un âne.

Les Oreilles livrèrent maints sonores lingots d'angélus, de préceptes en chaire, d'orgues et de louanges ; mais aussi, lointainement, comme à peine écoutés, ces mots jà vieux de cinquante ans, mots las ! inutiles d'un fier pâtre qui passa, nubile, sous l'innocente et candide fenêtre, un matin : «Madelon-Madeleine, humblement je

Eis que eles se decidem pela subtil autópsia — dos Sentidos, seja como for.

Espalhando um zumbido de insectos crepusculares, de invisíveis aços — finas línguas de víboras —, de imediato interpelam o cadáver. Incrédulas valsas exalavam, em espiral, dos cachimbos: fumos zombeteiros à maneira dos bigodes que encaracolamos.

*

Os seus Pés desvelaram peregrinações em direcção à ingénua colina onde a Firmamental inspirou, sob a marca do seu dedo fugitivo, um buquê de água consoladora. A habitual e caprichosa carícia de um rosário e diversos toques de objectos abençoados emanaram das Mãos.

Nas suas Narinas, ficaram presas fragrâncias de incenso, de espinheiro, de círios, de ervas sepulcrais, de ossos preciosos enterrados em féretros de vidro.

Atrás dos seus Dentes imaculados, encontrámos sabores de hóstias, de peixes de carne branca, de ovos, bem como de abstinência de vinhos e guloseimas.

Os dois Olhos produziram, sob a forma de flâmulas diáfanas, olhares reflectindo cerimónias de casulas arqui-celestes, procissões de estandartes laudativos e tamanhas visões misericordiosas nas quais floresciam uma Virgem com lírios, um São Pedro com chaves, um grandioso Infante envolvido pelo hálito de um jumento.

As Orelhas entregaram numerosos sonantes lingotes de ângelus, preceitos de púlpito, órgãos e louvores; mas também, muito longe, quase imperceptíveis, essas palavras já velhas de cinquenta anos, palavras esmorecidas!, inúteis de um orgulhoso pastor que

vous aime ; prenez le pâtre et ses moutons, si vous m'aimez comme je t'aime !».

*

Afin d'aller jusques au Cœur, fut déclose la poitrine tant grignotée par les quenottes du cilice.

Il en jaillit un parfum de presbytère.

Puis le Cœur apparut, transpercé de sept glaives comme Celui de la Dolorosa.

Alors on s'agenouilla, révérencieusement, parmi les pipes tombées des mâchoires, — et trois signes de croix, faits par les trois mains rouges sur les trois tabliers blancs, ressuscitèrent vaguement trois Chevaliers de Malte…

Saint-Henry, 1891.

passou, núbil, debaixo da inocente e cândida janela, uma manhã: «Madelon([78])-Madeleine, humildemente vos amo; tomai o pastor e as suas ovelhas, se vós me amais como eu vos amo!»

*

A fim de chegar ao Coração, foi aberto o peito tão mordiscado pelos dentes do cilício.

Dele brota um odor a presbitério.

Depois, o Coração apareceu, trespassado por sete gládios como o da Dolorosa.

Então, ajoelhámo-nos, reverenciosamente, entre os cachimbos caídos das bocas — e três sinais da cruz, feitos pelas três mãos vermelhas sobre as três batas brancas, ressuscitaram vagamente três Cavaleiros de Malta…

Saint-Henry, 1891.

LA MÉSAVENTURE DES YEUX

A Charles Gillet.

Nos Yeux, tant riche était leur joie, rivalisaient de merveille avec les Joyaux de la Couronne.

— Je te vois bel et pur !

Gazouillaient les siens.

— Je te vois pure et belle !

Roucoulaient les miens.

Chaque soir l'appréhension d'en être réduits au mouton-qui--aboie par le geste larron d'une intruse à nos menues paupières nous invitait à dessertir ces Yeux pour les confier, dans une aiguière de rosée, aux sept serrures d'un bahut semblable sur ses pieds au dragon des légendes.

Dès le réveil, tous les deux nous sautions vers leur délivrance, et l'aurore s'embellissait du feu d'artifice de nos premiers regards.

Hélas ! un matin la hâte de nous voir beaux et purs brouilla la vendange de nos doigts…

Elle prit mes Yeux.

Je pris ses Yeux.

O INFORTÚNIO DOS OLHOS

A Charles Gillet.

Os nossos Olhos, tão rica era a sua alegria, rivalizavam em esplendor com as Jóias da coroa.

— Vejo-te belo e puro!

Chilreavam os seus.

— Vejo-te pura e bela!

Arrulhavam os meus.

A cada noite, o receio de sermos reduzidos à ovelha-que-ladra pelo gesto ladrão de uma intrusa nas nossas pequeninas pálpebras convidava-nos a desencravar esses Olhos para os confiar, num jarro de orvalho, às sete fechaduras de um baú semelhante nos pés ao dragão das lendas.

Desde o despertar, ambos saltávamos para a sua libertação, e a aurora embelezava-se do fogo-de-artifício dos nossos primeiros olhares.

Desgraça!, uma manhã a pressa de nos ver belos e puros turvou a vindima dos nossos dedos…

Ela apanhou os meus Olhos.

Eu apanhei os seus Olhos.

A peine nous fûmes-nous face à face aperçus qu'un invisible ressort jouant entre nos poitrines nous projeta contre les cloisons de la chambre.

— Je te vois laide et impure !

— Je te vois impur et laid !

Balbutiâmes-nous, stupides.

Nos fronts s'inclinèrent comme des coquelicots sur qui, lourd, un taon s'abat.

Le charme gisait entre nous, œuf d'or rompu, tandis que, déjà sur le tapis, le poussin de vérité venait picoter nos chevilles.

J'avais vu en elle par ses Yeux.

Par mes Yeux elle avait vu en moi.

Eventé, le mensonge prudent !

Un rire de tant-pis nous essaya le coin des lèvres, mais pour la forme, car on était foncièrement marri d'une telle déconvenue !

L'ôter des Yeux d'emprunt nous fit un instant pareils à deux aveugles sur les mains desquels une amène princesse aurait laissé pleurer sa dynastie.

Nous nous tendîmes nos respectifs, non sans avoir eu la tentation grotesque de jeter ces traîtres dans le vase.

Puis un salut de cérémonie nous courba l'échine, — et l'on se dispersa, elle vers l'Occident, moi vers l'Orient.

Ainsi finit le menuet de nos amours superficielles.

Paris, 1889.

Mal nos encontrámos face a face, apercebemo-nos de que uma invisível mola actuando entre os nossos peitos nos projectou contra os tabiques do quarto.

— Vejo-te feia e impura!

— Vejo-te impuro e feio!

Balbuciámos nós, estúpidos.

As nossas frontes inclinaram-se como papoilas sobre as quais, pesado, um moscardo se abate.

O encanto jazia entre nós, ovo de ouro partido, enquanto, já sobre o chão, o pintainho da verdade vinha debicar os nossos tornozelos.

Eu vi dentro dela através dos seus Olhos.

Através dos meus Olhos, ela viu dentro de mim.

Descoberta, a mentira prudente!

Um riso de desânimo esboçou-se-nos no canto dos lábios, mas apenas por delicadeza, pois estávamos profundamente consternados por tal contrariedade!

O retirar dos Olhos emprestados assemelhou-nos por um momento a dois cegos sobre cujas mãos uma doce princesa teria feito chorar a sua dinastia.

Voltámo-nos para os nossos respectivos, não sem ter tido a grotesca tentação de atirar esses traidores para o lixo.

Depois, uma saudação cerimonial curvou-nos a coluna — e afastámo-nos, ela em direcção ao Ocidente, eu para o Oriente.

Assim termina o minueto dos nossos amores superficiais.

Paris, 1889.

LE FAUNE

A Pierre Louÿs.

Toutes les femmes, je les veux.

Rompus les fers qui le rivaient aux anses de l'unique amphore, tant pleurée néanmoins, l'esclave se déchaîne par la cité, tumultueux comme une force longtemps comprimée.

À la chrétienne solitude si coupable en péchés succède la païenne multitude où la vertu c'est de pécher beaucoup, la morale différant selon les angles au point de hacher menu sur le billot ce chenapan alors que cet autre on l'érige sur l'abaque d'une colonne triomphale.

Parmi la céramique humaine, me voici, corps cambré de façon pompéienne, mes yeux pers dardant leurs flèches à travers la coiffure de pampres dont ma bouche tette les grappes frivoles, et çà et là je vendange l'éparse folie de la vie.

Vestales, matrones, patriciennes, lesbiennes, hétaïres, nymphes, histrionnes, bacchantes, joueuses de flûte…

A l'affranchi toutes paraissent belles diversement, jusques aux vilaines que farde ma pitié, toutes me dévoilent ou me vantent leur publique ou mystérieuse argile, et dans ce grandiose épanouissement je répudie la farouche égérie qui sur moi tint si longtemps les

O FAUNO

A Pierre Louÿs.

As mulheres, quero-as a todas.

Quebrados os ferros que o prendiam às asas da única ânfora, tão chorada todavia, o escravo liberta-se pela cidade, tumultuoso como uma força durante muito tempo refreada.

À cristã solidão tão culpável em pecados sucede a pagã populaça para quem a virtude é pecar muito, diferindo a moral consoante os ângulos, a ponto de picar sobre o cepo esse patife, ao passo que a esse outro o erigirmos sobre o capitel de uma coluna triunfal.

Entre a humana cerâmica, eis-me, corpo arqueado à maneira de Pompeia, os meus olhos turquesa atirando as suas flechas através do penteado de parras de que a minha boca mama os frívolos cachos, e aqui e ali eu vindimo a dispersa loucura da vida.

Vestais, matronas, patrícias, lésbicas, hetairas, ninfas, histriónicas, bacantes, tocadoras de flauta...

Ao alforriado todas parecem belas à sua maneira, até as feias que maquilham a minha piedade, todas me desvelam ou elogiam o seu público ou misterioso barro, e nesse grandioso florescimento eu repudio a tímida egéria que sobre mim teve durante tanto tempo as

persiennes closes, et je me rue vers une orgie divine tant elle est multiplement humaine, et, en une danse canaille de pressoir, parmi la giration de mes désirs, j'épreins des seins, des joues, des ventres, des cuisses — des âmes —cependant que, stérile ou féconde, ma joie se dépense éperdument sous les abeilles et les guêpes du soleil qui vibre entre mes cornes piquées dans le ciel d'antimoine.

Toutes les femmes, je les ai !

Paris, 1890.

cortinas fechadas e precipito-me para uma orgia tanto mais divina quanto mais diversamente humana, e, numa dança apache[79] de lagar, entre as voltas do meu desejo, eu espremo seios, faces, ventres, coxas — almas —, enquanto, estéril ou fecunda, a minha alegria se dissipa loucamente sob as abelhas e as vespas do sol que vibra entres os meus cornos baixos no céu de antimónio.

As mulheres, tive-as a todas.

Paris, 1890.

L'ÉTERNEL INCESTE

A Eugénio de Castro.

Théa l'Arcencéleste est le centre du monde.

Plus grandiose que l'impératrice des montagnes, mais parée d'invisibilité dive, elle triomphe, universelle.

Et vers sa gorge d'avril ascendent, émanées de son ventre, diverses, les Races.

L'une après l'autre, la prunelle ébriée par le passer brusque de la ténèbre aux épines de la rose claire, elles gravissent, de leurs pas incertains et menus, gravissent, comme assises sur deux bras qui les élèveraient, le buste, et, se divisant aux mamelles, chacune alors épanouit sa bouche imperlée.

Dès que ses lèvres cajolent ses fraises, Théa de pâmer son haleine sur les deux flûtes de Pan piquées dans ses gencives ; et cette harmonie demande :

— «O Race, ta nuance ?»

Si répond la Race :

— «Rouge.»

Théa, matriale, épand un lait rouge emmi la bouche.

Si orangée se dit la Race, un lait orangé.

O ETERNO INCESTO

A Eugénio de Castro.

Théa([80]) a Arquiceleste é o centro do mundo.

Mais imponente do que a imperatriz das montanhas, mas adornada de invisibilidade divina, ela triunfa, universal.

E através da sua garganta de abril crescente, nascidas do seu ventre, distintas, as Raças.

Uma após outra, a pupila embriagada pelo brusco passar das trevas para os espinhos da luminosa rosa, elas sobem, com os seus passos vacilantes e curtos, sobem, como sentadas sobre dois braços que as elevariam, o busto, e, dividindo-se pelos seios, cada uma faz então florescer a sua boca ressequida.

Desde que os seus lábios acariciaram os seus morangos, Théa exalou o seu hálito sobre as duas flautas de Pã cravadas nas suas gengivas; e essa harmonia pergunta:

— Ó Raça, o teu matiz?

Se a Raça responde:

— Vermelho.

Théa, maternal, espalha um leite vermelho no meio da boca.

Se alaranjada se diz a Raça, um leite alaranjado.

Si jaune la Race, un lait jaune.
Si verte, un lait vert.
Si bleue, un lait bleu.
Si indigo, un lait indigo.
Si violette, un lait violet.
Pour que chacune perçoive selon sa destinée.

Et, durant la procession des théories, la géante chante, juvénile:

— «Venez, parvules multitudes, venez, à l'ombre de ma chevelure de cèdre, puiser l'avenir ! Venez, mes puériles, que je leste du viatique vos chétivités et que, blocs de marbre, mes gouttes citadellent vos espérances ! De mes seins gonflés recevez l'énergie originelle, enfants avec, en germe, les instincts inhérents à votre apanage de soleil !»

Or les Races tettent leur somme respective, cependant que, cils, d'altiers aigles s'entrecroisent d'aise sur les lacs jumeaux de la nourrice.

L'enfance révolue, les Races s'accordent à descendre, lente adolescence, jusqu'aux orteils pour de là s'épivarder vers les variés diadèmes de sueur.

Mais, arrêtant les pèlerines au ravin de ses cuisses, Théa, les flancs éclos, leur bêle :

— «Venez, multitudes robustes! L'heure est de me restituer un rai de la force que je vous fournis, car, telle une outre de caravane aux confins de l'octobre, voilà pauvre la créancière initiale. Tandis que vous florissiez, je me fanais, et, depuis mes fraises délaissées par vos lèvres, des rides sépulchralisent ma face. Voyez.

Au cèdre a succédé le saule qui pleure d'argent, et je chancelle sur mes ors anciens en danse macabre dans les âges. Aussi, m'étayant d'une caresse, daignez, de par Amour, ressertir en mes flûtes moroses la joie ! Viriles , fécondez l'Epouse-Mère !»

Et, successivement, avant l'adieu, les Races amantes sèment l'épithalame, afin que d'entre les augustes cuisses jaillissent, violette,

Se amarela a Raça, um leite amarelo.
Se verde, um leite verde.
Se azul, um leite azul.
Se índigo, um leite índigo.
Se violeta, um leite violeta.
Para que cada uma receba conforme o que lhe estava destinado.

E durante a procissão das denominações, a colossal canta, jovial:

— Vinde, pequenas multidões, vinde, para a sombra da minha cabeleira de cedro, extrair o futuro! Vinde, meus pueris, que eu farte do viático as vossas necessidades e que, como blocos de mármore, as minhas gotas cidadelem as vossas esperanças! Dos meus seios fartos recebei a energia original, crianças que têm, em potência, os instintos inerentes ao vosso apanágio de sol!

Ora, as Raças mamam a sua dose respectiva, enquanto, cílios, altivas águias se entrelaçam livremente sobre os lagos gémeos da ama-de-leite.

Terminada a infância, as Raças concordam em descer, lenta adolescência, até aos pés para daí se espalharem em direcção aos variados diademas de suor.

Mas, parando os peregrinos na ravina das suas coxas, Théa, flancos abertos, bale-lhes:

— Vinde, grandes multidões! É tempo de me restituírem uma flâmula da força que eu vos dei, pois, tal como uma outra caravana nos fins de Outubro, eis pobre a credora inicial. Enquanto vós floresceíeis, eu murchava, e, desde que os vossos lábios desprezaram os meus morangos, rugas cavam a minha face. Vede!

Ao cedro sucedeu o salgueiro que chora prata, e eu cambaleio sobre o meu ouro antigo numa dança macabra pelos tempos. Mais, apoiando-me numa carícia, dignai-vos, por Amor, a reencastrar nas minhas lúgubres flautas a alegria! Viris, fecundai a Esposa-Mãe!

E, sucessivamente, antes do adeus, as Raças amantes semeiam o epitalâmio([81]), a fim de que de entre as augustas coxas jorrem,

indigo, bleue, verte, jaune, orangée, rouge, des générations neuves — demain.

Théa l'Arcencéleste est le centre du monde.

1894.

violeta, índigo, azul, verde, amarelo, cor-de-laranja, vermelho, novas gerações — amanhã.

Théa a Arquiceleste é o centro do mundo.

1894.

LA JUMENT PHILOSOPHE

A Adolphe Retté.

Mon voisin, le fermier Pacific, m'emmène parfois à Camaret dans ma voiture attelée de sa jument Piti.

Il est visible, à tels frissons, que Piti, d'ordinaire vouée au dur charroi des champs quand ce n'est pas au pénible labour des landes aux nœuds de fer, se complaît en les brancards de ce véhicule léger, et sans doute lui semble-t-il que c'est jour de fête et que des ailes pavoisent aussitôt son dos harnaché.

L'aller n'est en effet qu'un jeu d'hirondelle pour la cavale.

Mais au retour de la ville il advient que le bon Pacific évangéliquement cueille, en cours de route, quelques paysannes de Roscanvel venues aux provisions, — lourds colis joints à ces corps pesants — de sorte que, çà et là, Piti retrouve des souvenirs de soc à travers un sol implacable.

Certaine fois que la voiture croulait de gens, de paniers, de sacs, délibérément je descendis à la terrible montée de Trez-Ruz afin d'alléger la bête aux naseaux écumants, et, placé à sa gauche, je marchais en la buée de ses ahans.

A ÉGUA FILÓSOFA

A Adolphe Retté.

O meu vizinho, o lavrador Pacífico, leva-me por vezes a Camaret na minha carruagem puxada pela sua égua Piti.

Vê-se, por tanta excitação, que Piti, normalmente empregada na dura carroça dos campos, quando não com nós de ferro no penoso labor das charnecas, se deleita entre os varais desse veículo ligeiro, e sem dúvida que lhe parece que é dia de festa e que asas ornamentam subitamente o seu dorso arreado.

A viagem não é, de facto, senão um adejar de andorinhas para a potranca.

Mas no regresso da cidade acontece que o bom Pacífico colhe evangelicamente, no decurso do caminho, alguns camponeses, vindos de Roscanvel para se abastecerem — pesados embrulhos ao lado desses corpos maciços —, de forma que, aqui e ali, Piti depara com recordações da relha sob um sol implacável.

Algumas vezes em que a carruagem desabava de gente, de cestos, de sacos, apeei-me deliberadamente na terrível subida de Trez-Ruz, para aligeirar a besta de narinas espumantes, e, postado à sua esquerda, caminhei no vapor do seu esforço.

Retour de Landerneau, triangulairement, un escadron de cormorans regagnait les rochers de Kerbonn.

Or, tout en zigzaguant le long de la côte jusqu'aux lignes de Quélern, Piti se prit à parler ce langage intime que comprennent les poètes seuls :

— Ne l'imagine pas muni de moins de choses que les femmes en coiffe restées sur les coussins, me confia Piti, tu portes en toi un complexe bagage que, plus proche du mystère, à défaut de l'homme la bête distingue : multitude de palais, de montagnes, de clochers, de menhirs, de forêts, de navires, de troupeaux, d'humanités, d'astres, de printemps, et de tempêtes. Pourtant c'est toi qui, de tous ces voyageurs, pèses le moins, toi le receleur des innombrables matériaux de l'œuvre en gésine, contingent plus frêle que le plus petit œuf de ces paniers ou que le plus minime grain de ces sacs. Par toi, poète, j'ai l'impression de porter un monde, mais, ce monde étant léger à l'infini, il résulte de ta présence un bénéfice de charité double pour moi, en ce sens que tes fardeaux particuliers, loin de harasser, reposent par le néant de la pesanteur d'abord appréhendée. En sus de cette générosité, poète, c'est encore toi qui descends, et toi seul, alors que tes compagnes (lesquelles, marchant durant cette montée, eussent pu se faire pardonner leurs colis et payer ainsi l'accueil spontané de maître Pacific) trônent veulement sur ma fatigue en somme respectable. Sois donc béni, et merci !

Chaumière de Divine, 1908.

Vindo de Landerneau([82]), triangularmente, um esquadrão de corvos-marinhos reocupava os rochedos de Kerbonn.

Ora, com tudo em ziguezagues ao longo da costa até às rectas de Quélern, Piti pôs-se a falar essa linguagem íntima que só os poetas compreendem:

— Não o imagino carregado com menos coisas do que as mulheres de touca estiradas sobre as almofadas, confidenciou-me Piti, tu carregas em ti uma complexa bagagem que, mais próxima do mistério, ao contrário do homem, a besta destrinça: uma multiplicidade de palácios, montanhas, campanários, menires, florestas, navios, rebanhos, humanidades, astros, primaveras e tempestades. No entanto, és tu que, de todos esses viajantes, pesas menos, tu o receptador dos incontáveis materiais da obra em germe, contingente mais diminuto do que o mais pequeno ovo desses cestos ou do que o mais minúsculo grão desses sacos. Através de ti, poeta, tenho a impressão de transportar um mundo, mas, sendo esse mundo infinitamente leve, resulta da tua presença um benefício de dupla caridade para mim, no sentido em que os teus fardos pessoais, longe de extenuar, repousam no vazio do peso já antes apreendido. Além dessa generosidade, poeta, és ainda tu quem desmonta, e apenas tu, enquanto os teus companheiros (os quais, se caminhassem durante esta subida, poderiam ter-se feito perdoar do peso dos seus embrulhos e pago assim o acolhimento espontâneo do mestre Pacífico) encimam cobardemente a minha fadiga em número considerável. Sede, pois, abençoado, e obrigado!

Cabana de Divine, 1908.

MIDAS

A Éphraïm Mickaël.

Le Poète dissimule en sa tour taciturne une douleur qui lui valut ces mains philosophâtes.

Volontiers il blasphémerait tant d'excellence acquis au prix de tant de pire, n'était l'appréhension de braire.

Il vire avec un geste d'aigle et volte avecque des ruades, tandis que son pouce à chefs-d'œuvre immortalise malgré lui des larmes et que la nécessaire esclave moissonne la céleste étable en tapinois, la joue quintefeuillée de gifles d'or.

Las de son bât de génie dont s'illumine la ténèbre, enfin le Poète se couche.

Il songe :

— La souffrance véritable est faite de témoins.

Or la foule, fascinée par mes fatales largesses, ignore encore qu'un peu dieu ne suis que parce que fus très homme.

Mais voici que, la brise d'étoile apportant le vague vagissement du soupçon d'alentour, le songeur sursaille — sans toutefois se lamenter, crainte, s'il touchait par mégarde au sonore jet de son gosier, de voir sa plainte choir à ses orteils, solide, ainsi qu'un lingot d'ironie.

Paris, 1885.

MIDAS

A Éphraïm Mickaël.

O poeta esconde na sua torre sombria uma dor que lhe valeu essas mãos filosofantes.

De bom grado ele renegaria tamanha excelência adquirida à custa de tanto sacrifício, não fosse pelo medo de zurrar.

Ele roda com um ímpeto de águia e volta a escoicear, enquanto contra a sua vontade o seu traço de mestre imortaliza as lágrimas e a imprescindível escrava ceifa em segredo o estábulo celeste, a face marcada por bofetadas de ouro.

Alquebrado pelo peso do seu génio em que se iluminam as trevas, o poeta adormece por fim.

Pensa:

— O verdadeiro sofrimento é feito de testemunhos.

Ora, a multidão, fascinada pela minha fatal generosidade, ignora ainda que eu sou um pequeno deus apenas porque fui demasiado humano.

Mas eis que, a brisa de estrela trazendo o vago vagido da suspeita circundante, o sonhador sobressai — sem nem por isso se lamentar, teme, se por descuido tocasse no sonoro jacto da sua garganta, ver o seu queixume cair a seus pés, sólido, como um lingote de ironia.

Paris, 1885.

LA FOI

A Édouard Schneider.

N, i, ni, c'est fini.

Cramponné à l'arc-en-ciel de mon jeune âge, longtemps j'ai lutté, mais cela ne pouvait durer davantage, en dépit de l'effort multiple : retours sentimentaux, neuvaines, pèlerinages, remords anticipés, menaces. Le déclenchement devait se produire inélucta-blement.

Voici donc que, sous l'impérieuse pesée de la raison, tout ce tas de statuettes sacchareuses, nimbées d'or sur fond d'astres, lys entre les doigts, serpents ou dragons sous les pieds, dégringole sous le safran des candélabres, en un fracas matériel.

Le pie sincère que je fus assiste, plein de courtoisie, à ce logique effondrement et considère sans nulle ironie ce désastre dont les débris s'épousent dérisoirement, le nez du bon Mathieu dans un teton de Magdeleine, le cerf du brave Hubert à croppetons sur les épaules de Joseph...

Non certes, elle n'a pas envie de rire, ma pauvre âme angoissée, telle une fillette à qui la poupée cassée montre son vide intérieur.

A FÉ

A Édouard Schneider.

N, ão, não, acabou.

Agarrado ao arco-íris da minha tenra idade, durante muito tempo lutei, mas isso não podia durar para sempre, apesar dos múltiplos esforços: reviravoltas sentimentais, novenas, peregrinações, remorsos antecipados, ameaças. O desencadeamento devia ocorrer inelutavelmente.

Eis então que, sob o imperativo peso da razão, toda essa pilha de estatuetas açucaradas, nimbadas de ouro sobre um fundo de astros, lírios entre os dedos, serpentes ou dragões debaixo dos pés, desaba sob o açafrão dos candelabros, num estrondo material.

O convicto piedoso que eu fui assiste, cheio de elegância, a esse lógico desmoronamento e observa sem nenhuma ironia esse desastre em que os destroços se encaixam de uma forma irrisória, o nariz do bom Mateus num seio de Madalena, o cervo do bravo Huberto([83]) agachado sobre os ombros de José...

Certamente que não, ela não tem vontade de rir, a minha pobre alma angustiada, como uma menina a quem a boneca partida mostra o seu vazio interior.

Sans la violence d'un Polyeucte à l'envers, se sont d'elles--mêmes brisées toutes les poupées surnaturelles, sur lesquelles, apposé comme un sceau de victoire, flamboie l'orteil de la Beauté.

Je vois, je sais, je crois, je suis désabusé.

Dès lors m'assaillent des visions burlesques, comme pour me contraindre à la blague.

Au classique empire d'azur, dans un branlebas poissard, les divinités variées se disputent l'unique trône fabriqué par les pontifes différents, chacune prétendant détenir le séant légitime, et l'on se lance à la figure des attributs religieux, tridents, chapelets, moulins à prières, caducées, palmes, foudres, auréoles, tandis que, tiré de son nombril, Brahma poche tous les yeux en un moulinet de ses trente-six poings.

Sous elles, sur la terre, béatement alourdis par les charges divines, s'entrecroisent les fidèles, figés, moisis, n'osant admirer le soleil, et ces fervents de la chimère au cerveau pris dans l'étau semblent à ce point datés d'avant le progrès que je voudrais savoir le petit-nègre afin de me faire comprendre d'eux et qu'encore faudrait-il crier très fort tant on les dirait loin, très loin, derrière des massifs de siècles.

Beati pauperes spiritu...

Serait-ce que me voici riche — et malheureux ?

Quoi qu'il en soit, loyalement suivons la destinée qui s'offre.

Et pourtant, encore, mes lèvres marmonnent les anciennes oraisons, mon chapeau se lève aux angélus, ma main bénit le pain familial ; la coutumière onction se refuse à me quitter si violemment, à moins que ce ne soit dorénavant l'Amour, Pan ou les Héros de l'humanité que j'honore sous ces formules et ces signes liturgiques, car, même aux heures troubles, les poètes gardent leurs façons d'officiants prédestinés.

Sem a violência de um Polieucto([84]) ao avesso, quebraram-se por si todas as bonecas sobrenaturais, sobre as quais, inscrito como um selo de vitória, flameja o pé da Beleza.

Eu vejo, eu sei, eu creio, eu perco as ilusões.

Desde então, assaltam-me visões burlescas, como a forçarem-me ao riso.

No clássico império do azul, numa balbúrdia grosseira, as diversas divindades disputam entre si o único trono fabricado pelos diferentes pontífices, todas pretendendo ocupar o legítimo assento, e lançam à cara umas das outras atributos religiosos, tridentes, rosários, rodas de orações, caduceus, palmas, raios, auréolas, enquanto, saído do seu umbigo, Brama coloca todos os olhos no moinho das suas trinta e seis mãos.

Debaixo delas, sobre a terra, brutamente carregados com as cargas divinas, entrecruzam-se os fiéis, imobilizados, bolorentos, sem coragem para olhar o sol, e esses devotos da quimera de cabeça presa no torno parecem agora tão anteriores ao progresso que eu gostaria de saber as corruptelas da língua a fim de ser compreendido por eles, e mesmo assim seria necessário gritar muito alto, tão longe eles pareceriam, muito longe, atrás dos maciços dos séculos.

Beati pauperes spiritu... ([85])

Será que estou rico — e infeliz?

Seja como for, sigamos lealmente o destino que se oferece.

E, contudo, os meus lábios ainda murmuram orações ancestrais, descubro a cabeça para o ângelus, a minha mão abençoa o pão familiar; a habitual unção recusa-se a abandonar-me tão bruscamente, a menos que se trate doravante de Amor, Pã ou dos Heróis da humanidade que eu honro sob essas fórmulas e esses signos litúrgicos, pois, mesmo nas horas de aflição, os poetas mantêm os seus modos de oficiantes predestinados.

Morte est ma foi, vive ma foi qui marchera demain, sous l'étoile nouvelle, vers l'orient des vérités graves où le luxe oisif du mysticisme cède la place au laborieux apostolat des charités humaines — qu'avait si bellement, déjà, prêchées le doux Jésus défiguré depuis par ses lévites gras.

Du moins promets-moi, ô Nature divine, d'aller en paradis — puisqu'à notre espérance un paradis importe — en paradis dans quelque chose de toi-même, oh tiens, dans une grappe de raisins, si ce n'est pas demander trop, afin que l'on me boive un clair matin d'amour parmi les rayons purs du soleil éternel !

Ô, tout de même, les jolis mois de Marie de mon enfance !

Rumengol, 1904.

A minha fé está morta, viva a minha fé que se erguerá amanhã, sob uma nova estrela, em direcção ao oriente das ponderosas verdades onde o luxo ocioso do misticismo dá lugar ao laborioso apostolado da caridade humana — que tão airosamente tinha já pregado o doce Jesus desfigurado desde então pelos seus gordos levitas.

Pelo menos promete-me, ó Natureza divina, ir para o paraíso — visto que para a nossa esperança um paraíso é importante — um paraíso em alguma coisa de ti mesmo, olha, num cacho de uvas, se não é pedir demasiado, a fim de que me bebam numa clara manhã de amor entre os raios puros do sol eterno!

Oh, em todo o caso, os lindos meses de Maria da minha infância!

Rumengol, 1904.

NOTAS

(1) Batalha da Guerra da Crimeia, travada a 7 de Setembro de 1855 entre a Rússia czarista e o Segundo Império Francês.

(2) Provável erro de grafia de Saint-Pol-Roux, que quereria escrever «hennin» (longo chapéu em forma de cone encimado por um véu, usado pelas mulheres da alta nobreza europeia na Idade Média), lembrando aqui a forma da torre do sino da capela.

(3) Comuna francesa na região administrativa da Bretanha, no departamento de Finisterra.

(4) *Idem.*

(5) Povoado da comuna de Roscanvel, na Finisterra francesa.

(6) Camaret-sur-Mer é uma comuna francesa na região administrativa da Bretanha, no departamento de Finisterra, onde o poeta viveu.

(7) Pequeno lugarejo da Bretanha.

(8) Uma chamada de atenção para o notabilíssimo trabalho sobre a linguagem que o autor opera neste trecho: «(...) Surgis donc du somme où comme morts nous sommes (...).»

(9) A bise é um vento que sopra no planalto suíço, na bacia lemânica, na região de Lyon e no Franco-Condado. É vista pelos locais como sinal de bom tempo.

(10) Corrupção da locução «Eli, Eli, lamma sabacthani» (locução hebraica que significa «meu deus, meu deus, porque me abandonaste?»), palavras que Jesus Cristo terá pronunciado ao expirar na Cruz.

(11) Cremos tratar-se de uma deturpação da expressão neerlandesa «Manneken Pis» (que significa literalmente «o miúdo que faz chichi», também

conhecido por «pequeno Julien», um monumento de Bruxelas, na Bélgica).

(12) Uma chamada de atenção para o notável jogo fonético presente, no original, neste trecho: «(...) Tu fus l'élue, sois la déchue ; tu fus la prude, sois la grue ; après la poule sois la goule ; sois le vacarme après le calme. (...)»

(13) Instrumento musical de sopro utilizado na Antiguidade.

(14) Vereador, membro da Câmara Municipal. O termo remonta aos *aedīlis curules*, magistrados romanos.

(15) Dança viva e alegre, de compasso ternário, em voga na corte francesa dos séculos XVI e XVII.

(16) Promontório da Bretanha que se situa na extremidade da península de Crozon, na comuna de Camaret-sur-Mer.

(17) Referência a *Der König in Thule*, poema de Johann Wolfgang von Goethe, escrito em 1774, posteriormente incluído na obra maior do poeta, *Fausto* (parte 2, linhas 2759–82).

(18) La pointe Saint-Mathieu (Beg Lokmazhe, em bretão) é uma ponta famosa pelas suas escarpadas falésias, situada nas proximidades de Conquet, no território da comuna de Plougonvelin.

(19) Estes três nomes referem-se a penhascos ou rochedos situados em Camaret ou nos arredores imediatos.

(20) Les Tas de Pois são três enormes rochedos situados na costa atlântica, no extremo oeste da península de Crozon, na comuna de Camaret-sur--Mer.

(21) Castelo situado no departamento de Côtes-d'Armor, na região da Bretanha, em França.

(22) Le Cap de la Chèvre é o cabo meridional da península de de Crozon, no oeste da Bretanha.

(23) A pointe du Raz é um cabo na costa atlântica do departamento de Finisterra, na Bretanha, noroeste de França. É o extremo ocidental do cabo Sizun, situado na região histórica bretã de Cornualles, pertencente ao município de Plogoff.

(24) Île-de-Sein é uma ilha e comuna francesa na região administrativa da Bretanha, no departamento de Finisterra.

(25) O lugar dito de Kerbonn faz parte da comuna de Camaret-sur-Mer e situa-se entre a ponta de Pen-Hir e a ponta do Toulinguet, sobre a península de Crozon.

([26]) O autor propõe um jogo entre a palavra «écrins» e os vários sentidos da palavra «cassolettes». «Écrin» como pequena caixa, cofre ou escrínio (guarda-jóias) e «cassolettes», que, entre outras coisas, tanto pode designar uma jóia oca, em ouro ou prata, contendo perfumes, e que se usa presa a uma corrente, como «aquilo que exala um perfume». Perdendo-se grandemente o sentido em português optámos por privilegiar a noção base de «perfume».

([27]) Francisque Sarcey (1827–1899) foi um crítico de teatro e jornalista francês com quem Saint-Pol-Roux teve várias desavenças literárias.

([28]) Interjeição do grito do burro.

([29]) Referência a Jean Buridan (em latim: Joannes Buridanus; 1300–1358), filósofo e religioso francês da Idade Média tardia, e ao paradoxo conhecido como «o asno de Buridan», que, estranhamente, não foi originado pelo próprio Buridan, mas por Aristóteles, na obra *De caelo et mundo.*

([30]) Referência a São Francisco de Assis e à sua proverbial pobreza.

([31]) 8.º bairro de Paris.

([32]) Monstro folclórico que tem a sua origem na mitologia árabe, sob o nome «al-ghūl». A referência popular mais antiga que encontramos ao «goule» é n'*As Mil e Uma Noites.*

([33]) «Massilia» é o nome em latim da primitiva Marselha, fundada no séc. VI a. C. pelos gregos de Foccia. O seu nome provém da palavra grega *Μάσσα* (Massa) ou, segundo outra hipótese, terá sido nomeada pelos Fenícios, a partir de um rio grego, «Massalia».

([34]) O Brousse é um queijo originário da Provença, de textura granulosa.

([35]) Le Rove é uma comuna francesa na região administrativa de Provença--Alpes-Costa Azul, no departamento de Bouches-du-Rhône.

([36]) Gardanne é uma comuna francesa na região administrativa da Provença--Alpes-Costa Azul, no departamento de Bouches-du-Rhône.

([37]) Pequeno caranguejo de cor verde-escura, pertencente ao género *Necora*, e que atinge em média meia dúzia de centímetros. «Favouille» é uma palavra provençal, atestada unicamente a leste do Ródano, e, apesar da origem desconhecida, pensa-se que este caranguejo, também conhecido por «crevette» e «écrevisse de mer», deve o seu nome à cor das favas («fèves») (*Etymologie Occitane: Dictionaire Etymologique de la Langue D'oc*).

([38]) No original, «marluce», outro dos muitos nomes pelo qual, na língua do Languedoque (sul de França, região da Occitânia), é conhecido «la Morue», o Bacalhau (*Dictionnaire Raisonne Et Universel Des Animaux, Ou Le Regne Animal*, Chesnay, Francois-Alexandre Aubert De La,vol. 3, pág. 51).

(39) «Matrace» é uma palavra que deriva do alemão «Matratze», pela via do italiano «materasso» e do árabe «maṭraḥ» («tapete»), e que desembocou, posteriormente, na palavra «matelas» («colchão», em português) (*Dictionnaire de l'Académie française*, 8.ª ed., 1932–1935).

(40) Prato do Languedoc-Roussillon cozinhado à base de peixe.

(41) Nome de vários peixes ósseos do Mediterrâneo e do golfo da Gasconha, comestíveis, mas cobertos de espinhos venenosos.

(42) Pequeno roedor arborícola da família dos grilídeos, aparentado com os esquilos.

(43) Segundo Frédéric Mistral, o «chichi» é uma palavra infantil para «pequeno pássaro». O «chichi-frégi» significa, assim, «passarinho-frito», e alguém que comia como um passarinho-frito era alguém que comia muito pouco, fosse por lhe faltar dinheiro, fosse por avareza ou por não ter apetite. Pensamos ser esse o jogo de assonância que o poeta propõe entre «chichis fragis» e «chichi-frégi» (Blanchet, Philippe, *Le parler de Marseille et de Provence*, Bonneton, 2004).

(44) «Le Pistachié» é um dos personagens da Natividade, representado no Presépio de Natal da Pastoral provençal, de Antoine Maurel. Trata-se de um rapaz do campo, com ar de cobarde. Na *mise en scène*, ele transporta um embrulho que oferece a Jesus, contendo uma lebre que tinha acabado de caçar com um único tiro. É um milagre do Bom Deus, ele que falhava sempre o alvo! Este personagem é também o marido de Honorine, a peixeira (pastoral de Yvan Audouard) (Bertrand, Regis, *Quand les santons entrent au musée*, Aix-en-Provence, Édisud, 2003, p. 159).

(45) Em provençal, «Agachoun» designa uma espécie de esconderijo feito de galhos de uma árvore ou arbusto, que antigamente o caçador utilizava para se esconder dos pássaros durante a caça. Em Marselha, «être en agachon» significa «estar à espreita», expressão que descreve a atitude das pessoas que ficam perto de um grupo que discute, como se não fosse nada com elas, para ouvir as conversas, ou que bisbilhotam atrás das portas. «Être en agachon» pode também referir-se à espera do momento certo para intervir, como a polícia, por exemplo, quando prepara uma emboscada (Valladier, Jean-Marc, *Le parler gras, glossaire marseillais*

iconoclaste, Via Valeriano. Bis, 2004, p. 134, Dessins N & B de peb & fox).

(46) Na época em que os estivadores carregavam os sacos de farinha, trigo ou carvão às costas, o «taïolle» era o largo cinto de flanela que os carregadores amarravam em redor da cintura para proteger as vértebras lombares (Valladier, Jean-Marc, *Le parler gras, glossaire marseillais iconoclaste*, Via Valeriano. Bis, 2004, p. 134, Dessins N & B de peb & fox). Por sua vez, «Cabanon» era uma antiga palavra provençal que designava uma pequena e frágil construção usada pelos pescadores de marselha para armazenar todo o seu equipamento, e que às vezes também servia como casa. Apesar de esta palavra ter designado originariamente uma pequena cabana à beira-mar, ela ganhou gradualmente o sentido de «regimento», grande número de pessoas ou coisas. Como atestado por várias canções do tempo das operetas marselhesas, ao domingo, para aproveitar os belos dias, criou-se o hábito de convidar para a cabana não só a família mas também todos os amigos. Daí que a palavra «cabanon» se tornasse, paulatinamente, sinónimo de «muito», enfatizando o exagero em quantidade (Valladier, Jean-Marc, *Le parler gras, glossaire marseillais iconoclaste*, Via Valeriano. Bis, 2004, p. 134, Dessins N & B de peb & fox). As duas metáforas, «collier d'agachons» e «tayole de cabanons», parecem querer descrever a periferia de Marselha, aquilo que circunda a cidade: os «agachons» (postos de caça empoleirados nas árvores) e os «cabanons» (pequenas cabanas de pescadores nas enseadas).

(47) O barrete frígio ou barrete da liberdade é uma espécie de touca ou carapuça, originariamente utilizada pelos moradores da Frígia (antiga região da Ásia Menor, onde hoje está situada a Turquia). Foi adoptado, na cor vermelha, pelos republicanos franceses que lutaram pela tomada da Bastilha em 1789, que culminou com a instauraçao da primeira república francesa em 1793. Por essa razão, tornou-se um forte símbolo do regime republicano: Marianne vestindo uma boina frígia.

(48) Mais do que o seu significado original de «gracejar» ou de «brincar gentilmente com alguém», «blaguer» significa, em Marselha, «discutir sobre tudo e sobre nada», sobre a chuva e o bom tempo (Blanchet, Philippe, *Le parler de Marseille et de Provence*, Bonneton, 2004).

(49) Referência ao segundo nome da basílica de Notre-Dame-de-la-Garde, que domina o velho porto de Marselha: «A Virgem da Guarda», como é comummente conhecida pelos velhos habitantes da cidade.

(50) Puget é uma comuna francesa na região administrativa da Provença--Alpes-Costa Azul, no departamento de Vaucluse.

(51) Julgamos tratar-se de uma referência a «Mirèio» («Mirèlha», na grafia clássica, «Mireille» em francês), obra em verso do escritor Frédéric Mistral, em língua provençal, composta em 1859.

(52) Possível alusão a Adolphe Monticelli (1824–1886), pintor francês.

(53) No Mediterrâneo, vento forte do Nordeste.

(54) «Levée de(s) boucliers», expressão que teve origem na Roma antiga e que aludia a uma manifestação de soldados em franca oposição com o(s) seu(s) chefe(s), e que corresponderá à expressão portuguesa «cerrar fileiras».

(55) Maurice Beaubourg (1866–1943) foi um jornalista, romancista e dramaturgo francês, próximo do simbolismo.

(56) A rua Milton é uma via do 9.º *arrondissement* de Paris.

(57) Via situada no bairro de Rochechouart, 9.º *arrondissement* de Paris.

(58) Medicamento de consistência mais espessa do que a do mel, feito com pós, polpas ou extractos medicamentosos.

(59) Canção e dança dos revolucionários franceses de 1793.

(60) O autor joga com a ligação de duas palavras («rabat» e «baudrier») na expressão «rabat-joie» (pessoa de temperamento infeliz que perturba a felicidade dos outros).

(61) Embarcação pequena do Mediterrâneo, de um só mastro e vela latina.

(62) O poeta joga aqui com o dublo sentido da palavra «saillie»: no sentido literário («acutilância de espírito brilhante e imprevista, verve, gracejo») e na acepção do «cobrimento dos animais quadrúpedes».

(63) Pensamos tratar-se de uma referência à cor do pão fabricado a partir de farinha escura, produzida com vários cereais. O adjectivo «bis/bise» designa a cor cinzenta, conhecida sobretudo através da expressão «pain bis», pão feito com farinha de segunda qualidade. A palavra «bis/bise» foi impressa, pela primeira vez, no início do século XII, na *Canção de Rolando*, e aparece, no fim do mesmo século, numa descrição heráldica («Chrétien de Troyes dote… deux participants au tournoi de Noanz d'un écu d'or au lion bis») e equivale a um cinzento ou castanho, no fundo, uma cor «foncé», escura.

(64) O autor joga aqui com o duplo sentido da palavra «mouton» («carneiro» e «mouton» como o termo empregado na construção e que se refere ao «conjunto das principais peças sobre que se arma ou constrói algo») e a palavra «bercail» («redil»). Em português, o sentido perde-se.

(65) Espécie de saia de pregas, curta e solta, tecida em trama cruzada e de algodão.

(66) Uma chamada de atenção para um processo de que Saint-Pol-Roux lança mão inúmeras vezes em inúmeros poemas: o das aliterações, quando não das rimas internas (neste caso «futaine» e «fontaine»).

(67) Uma nova chamada de atenção para a beleza fonética deste trecho, no qual o autor joga com o duplo sentido da palavra «sous» («debaixo/sob» e «moedas»): «(...) **sous** le bonjour des cloches, ne trouvent que des **sous**, (...)».

(68) Vestidura branca com ou sem mangas que os padres envergam sobre a batina e que lhes desce até meio do corpo. Novamente, o notabilíssimo jogo entre «surpris» e «surplis».

(69) Lorient é uma comuna francesa na região administrativa da Bretanha, no departamento de Morbihan.

(70) Quimperlé é uma comuna francesa na região administrativa da Bretanha, no departamento de Finisterra.

(71) O autor joga com a fonética das palavras «rose» (aqui uma referência indirecta à cor do sangue) e «arroser» («regar»).

(72) Alusão ao velo de ouro ou tosão de ouro, que é, na mitologia grega, a lã de ouro do carneiro alado Crisómalo, capturado pelos Argonautas.

(73) Espaço destinado ao registo de saídas e entradas do detido do estabelecimento prisional.

(74) Estar «oisif», ocioso, é estar quieto; se para mais lhe juntamos o prefixo «in», ficamos com uma dose ainda maior de estatismo. A acrescer, temos ainda a partícula se que sugere «ennuyer», "aborrecer". E tudo ocorre junto e num único passe: «la poésie s'enoisive», a poesia dinamicamente aborrece-se estando ociosa, «en son geste ordinaire», como é seu costume. Curiosa gratuidade de «l'ennui» e do ócio, transmitida numa única e nova palavra. Em português, o possível resultado deste jogo soava sumamente estranho. Por isso, optámos pelo verbo «enfadar».

(75) A *Mercure de France* foi uma revista francesa fundada em 1672 e desaparecida em 1965, primeiro publicada sob o nome *Mercure galante.* No fim do século XIX, a revista literária da *Mercure de France* foi refundada por Alfred Vallette e um grupo de amigos, cujas reuniões tinham lugar no café de la Mère Clarisse. Nelas participavam Jean Moréas, Ernest Raynaud, Jules Renard, Remy de Gourmont, Louis Dumur, Alfred Jarry,

Albert Samain, Saint-Pol-Roux, George-Albert Aurier e Julien Leclercq: a geração simbolista.

(76) «Au Clair de la Lune», melodia francesa do século XVIII.

(77) O autor joga com a palavra «chèvrefeuille» (madressilva) e «chèvrefille»: «chèvre» (cabra) e «fille» (rapariga).

(78) Variante do nome próprio Madeleine.

(79) O violento submundo parisiense da Belle Époque inspirou essa dança famosa e preconceituosa que expressava o mais desabrido machismo. Bela e chocante, a dança apache encenava uma «discussão» violenta entre um proxeneta e uma prostituta. Difere do tango, que bebeu com certeza na mesma fonte, mas que rejeitou o seu lado bandido, privilegiando a boémia e o drama.

(80) Variante de Théia, que na mitologia grega era uma titânide, filha de Úrano e Gaia.

(81) Epitalâmio é um cântico nupcial de natureza religiosa, destinado a reivindicar para os noivos a bênção dos deuses, em especial de Himeneu, a divindade protetora dos enlaces matrimoniais.

(82) Landerneau é uma comuna francesa na região administrativa da Bretanha, no departamento de Finisterra.

(83) Hubert de Liège ou Saint Hubert nasceu provavelmente no Languedoque, França, por volta do ano 657. Morreu em 727, em Tervuren, na Bélgica. Patrono dos caçadores, a ele está ligada a lenda a que o autor aqui alude: verdadeiro amante da caça, reza a história que lorde Hubert não guardou, como estava prescrito, uma Sexta-feira Santa, e que partiu para uma caçada. Perseguindo um veado em pleno bosque, deteve-se repentinamente ao perceber que entre os cornos do cervo se encontrava uma cruz luminosa e ao ouvir uma voz que lhe dizia: «Se não voltares para Deus cairás no Inferno.»

(84) Drama em cinco atos do escritor francês Pierre Corneille, baseado na vida do mártir São Polieucto, considerada a primeira tragédia escrita pelo autor (1642) e um dos últimos dramas franceses de temática religiosa do século XVII.

(85) Primeira das bem-aventuranças evangélicas citada por São Mateus no capítulo V, versículo 3 do seu Evangelho, e que inicia o sermão da montanha: «Bem-aventurados os simples».

BIOGRAFIA

Saint-Pol-Roux, pseudónimo de Pierre-Paul Roux, nasceu a 15 de Janeiro de 1861, em Saint-Henry, perto de Marselha, filho de Alexis Roux, 30 anos, dono de uma oficina de cerâmica, e de Marie Euphrosine Lieutaud, 22 anos, dona de casa. A 17 de janeiro do mesmo ano, é baptizado na igreja de Saint-Henri.

Com o seu irmão mais velho, Joseph-Marie, Pierre-Paul Roux entra como interno no Instituto Notre-Dame des Minimes, em Lyon, em 1872, admitido na 7.ª classe. Aí escreveria, aos quinze anos, a sua primeira peça dramática: *Raphaëlo le Pèlerin*, drama em três actos, que assinou como Paul Saint-Henry e que seria publicado, em 1880, pela Livraria Pinet (Marselha) e pela Livraria Josserand (Lyon).

A 12 de Junho de 1873, Pierre-Paul faz a sua primeira comunhão na casa dos Minimes. Em Outubro do mesmo ano, o seu irmão mais novo, Joseph-Fernand, e um primo entram também no colégio.

A 26 de Outubro de 1880, Pierre-Paul Roux obtém o seu bacharelado e, a 19 de Novembro, alista-se por um ano, juntamente com um seu irmão mais novo, Vincent Joseph, no 41.° Regimento de Infantaria, passando algum tempo no Norte de África. O seu alistamento permite-nos ter uma ideia do aspecto do jovem Pierre-Paul Roux: «cabelo, sobrancelhas e olhos castanhos, rosto oval, testa aberta, nariz médio, boca pequena, queixo redondo, medindo 1,67 metros». Participa «na tola guerra da Tunísia», campanha durante a qual passou vários dias na prisão. Desses tempos, resultará o profundo desprezo que sentirá pelo exército, desprezo esse que só será atenuado aquando da Primeira Guerra Mundial.

Depois da sua experiência no exército, o poeta muda-se para Paris, em Outubro de 1882, para estudar Direito. À chegada, recebe uma carta do abade Chaillan: «Meu querido Paul, eis-te na Babilónia moderna. Abre bem os olhos e o coração. Põe-te em guarda, cuida-te! O teu velho cura.» Instala-se então num quaro do número 4 da Place Monge.

Dá a conhecer, junto do Cercle Provençal, o seu teatro e a sua poesia, e editores como Auguste Ghio e Ollendorff tomam-no sob a sua alçada, publicando-lhe monólogos e poemas. O seu mestre é então Victor Hugo (a quem dedicará *Poète!* e que lhe valerá, no conservador e mundano semanário marselhês *La Vedette*, rasgados louvores: «encontra-se, a cada página, o charme e a graça do autor de «Maman! — naïveté en vers», poema então assinado como Paul Roux, e que tinha já recolhido um grande aplauso). Frequenta, ainda, os parnasianos (Sully-Prudhomme, Banville, Léon Dierx), aperfeiçoando a sua técnica e desenvolvendo *une haute idée* de poesia.

Data de Maio de 1883 a primeira estada de Paul Roux na Bretanha, nos arredores de Vannes (Elven, Suscinio, Gavrinis), que lhe inspira *La Ferme*, drama sentimental de um único acto e em alexandrinos, cuja acção se localiza em Carnac, no início do século XIX, e que será publicado em 1886. A esta região que o inspirará em muitos textos, seja em prosa ou em verso, o autor retornará frequentemente. Esta visita é seguida por uma viagem a Londres, na companhia de um irmão.

No decorrer do ano de 1844, provavelmente, o poeta deixa o n.º 4 da Place Monge, para se mudar para o n.º 19 da rua Turgot, no sopé da colina de Montmartre. Na Páscoa de 1884, o seu poema «Golgotha» causa uma forte impressão em Villiers de l'Isle-Adam, que o recita de cor, mas será a sua descoberta da obra de Mallarmé, entre 1884 e 1885, que, já longe do seu primeiro amor parnasiano, o fará vislumbrar a forma poética que, doravante, perseguirá.

Em Junho de 1885, compõe «Lazare», poema dedicado a Villiers de l'Isle-Adam. E, em 1886, com Éphraïm Mikhaël, Pierre Quillard e Rodolphe Darzens, cria *La Pléiade*, pequena revista simbolista e «grand-mère violette du *Mercure de France*», que vai conhecer apenas sete números. Esta revista pretendia ser um «livreto colectivo e periódico [...] puramente literário, e no qual só existissem bons versos e poemas em prosa. [...] A princípio, trata-se de uma revista com um reduzido número de exemplares (200 cópias) e editores (seis ou sete)» (carta de Éfraïm Mikhaël a Rodolphe Darzens, de sábado, 30 de Janeiro de 1886). Além dos quatro nomes fundadores, também Jean Ajalbert estará presente no 1.º número de *La Pléiade*.

Março de 1886: publicação, com prefácio de Théodore de Banville, do primeiro número de *La Pléiade*, no qual aparecem três poemas em verso de Paul Roux: «Le palais d'Ithaque / Au retour d'Odysseus métamorphosé en mendiant», «Éclats d'Idylle» e «Brève surhumanité».

Abril de 1886: 2.º número de *La Pléiade*, no qual Paul Roux colabora com o texto «La Rencontre des Beautés / Prose royale».

Junho de 1886: publicação do 4.º número de *La Pléiade*, no qual Paul Roux aparece no sumário com «Lazare», dedicado a Villiers de l'Isle-Adam. O poema será impresso separadamente na Tipografia d'Alcan-Lévy.

Agosto de 1886: publicação do 6.º número da revista, com colaborações de Darzens, Mikhaël, Ghil, Quillard e Roux, que contribui com «Pan», poema em verso.

9 de Outubro de 1886: A revista *La Pléiade* está no final da sua existência. Sem financiamento e com os seus editores separados geograficamente, Mikhaël escreve para Darzens (13 de Outubro),

então em Moscovo, para acelerar o aparecimento do próximo número e evitar a ira dos assinantes.

Novembro de 1886: Paul Roux escreve *Le Bouc Émissaire*, dedicado a Jean Richepin. Publicação do sétimo e último número de *La Pléiade*, com colaboração de Louis Dareste, Darzens, Mikhaël, Georges Payelle, Camille Bloch e Paul Roux, que publica um conto, «Sagesse», dedicado a Anatole France, e um poema em prosa «Sur le cadavre d'un petit Savoyard», ironicamente dedicado à Sra. Élisabeth Dayre (ex-amante do poeta marselhês e causa de um duelo que nunca chegou a acontecer entre Darzens e Paul Roux, na sequência da infidelidade da senhora em questão).

As relações entre o poeta e os seus amigos de *La Pléiade* tornam-se espaçadas: «Não há notícias de Roux há muito tempo», escreve Mikhaël para Darzens (13 de Fevereiro de 1887).

Por essa altura, Paul Poux já havia desenvolvido uma concepção poética própria e concebido o plano para uma colectânea: inicialmente com o título *Les Nazaréennes* e, depois, *Les Magnifiques*. Entre 1887 e 1889, publicou relativamente pouco e principalmente em periódicos de Marselha, mudando a sua assinatura, pela primeira vez, para Saint-Paul Roux.

Na Provença, escreve muito e define a sua «théorie du relief» ou dos «cinq sens» (apresentada como uma nova escola de poesia que o manifesto simbolista de Moréas haveria de plasmar, com a primazia absoluta da imagem nova, violenta, inusitada, sobre qualquer outro recurso poético) e o primeiro esquisso do que virá a ser o ideo-realismo. Da Provença trará os poemas «Sur un ruisselet qui passe dans la luzerne» e «Coqs».

Em Janeiro de 1890, de volta a Paris (depois de uma estada no sul de Finisterra, onde se alojou no hotel de Beg-Meil), aumenta a sua cota na *Mercure de France*, revista então recém-criada, e, com o seu pseudónimo final Saint-Pol-Roux, tornar-se-á um colaborador regular até Junho de 1892, a par de alguns dos pilares da nova publicação: Alfred Vallette, Édouard Dubus, Louis Dumur e Aurier. Muitos destes nomes também colaborariam no *Moderniste ilustre*.

Embora tomando parte activa na defesa e implantação do simbolismo, Saint-Pol-Roux criticou severamente o idealismo egótico de alguns sectores simbolistas, anunciando, através de um texto que ficará conhecido como o *Manifesto do Magnificismo*, a vinda do ideo-realismo: «A primeira regra do poeta é a de desmaterializar o sensível ao penetrar no inteligível e perceber a ideia; a segunda regra é a de, uma vez conhecida essa essência, aí imaterializar, de acordo com a sua idiossincrasia, os conceitos. Esta renovação total ou parcial da face do mundo caracteriza a obra do poeta: pela forma, ele afirma-se demiurgo, e mais do que isso, pois pelo cinzelar do ouro sublime o poeta corrige Deus.»

Saint-Pol-Roux publica então, durante muitos dos anos seguintes, várias obras para ilustrar a sua teoria: *L'âme noire du prieur blanc*, *L'Épilogue des saisons humaines*, *Les Reposoirs de la procession*, em 1893, nas edições Mercure de France; *Les personnages de l'individu*, sob o pseudónimo de Daniel Harcoland, na editora Sauvaitre, no ano seguinte; depois dá à estampa *La Dame à la faulx* (tragédia), em 1899, terminada aquando do exílio voluntário nas Ardenas belgo-luxemburguesas; os três novos volumes de *Les Reposoirs de la procession* (*La Rose et les épines du chemin*, em 1901, *De la colombe au corbeau par le paon*, em 1904, *Les Féeries intérieures*, em 1907) e a colectânea *Anciennetés*, em 1903; estas últimas cinco recolhas na Mercure de France.

Em Abril de 1891, o poeta conhecera uma jovem viúva, Amélie-Henriette Bélorgey, futura mãe dos seus filhos, com quem começa uma união livre de doze anos, e da qual o poeta guardará segredo por muito tempo. Os seus problemas financeiros agudizam-se e a tempestuosa recepção do seu manifesto por parte da imprensa especializada concorreu também para a difícil situação então vivida pelo poeta. No dia 6 de Setembro desse mesmo ano, escreve a Randon: «É a miséria, mas uma miséria estúpida, e eu já tive a minha dose! Chega de Paris! Chega desse excelente ambiente literário!» E no dia 14 de Novembro, em nova carta, desta vez a Vallette, editor da *Mercure*, expressa, num tom angustiado, as dificuldades que tem em pagar as suas dívidas: «a minha carteira é análoga ao cérebro de Sarcey» (crítico de teatro com quem Saint-Pol-Roux teve inúmeros diferendos), chega mesmo a dizer.

Em Janeiro de 1892, sai «L'Ame saisissable», poema dedicado a Henri de Régnier, na *Mercure de France*. No final desse mês, escreve a Vallette, dando-lhe conta de que «a questão da cotização o forçará a deixar em breve a *Mercure*». Como solicitado por Saint-Pol-Roux, a revista de Vallette abre com a secção «De Art Magnificent», dedicada a Anatole France, em que o poeta tenta esclarecer alguns pontos mais obscuros do seu manifesto de 1891. Saint-Pol-Roux participa na composição de um comitê de amigos de Éphraim Mikhaël, encarregado de levantar um monumento à sua memória.

No dia 9 de Março, o poeta pede ao director da *Mercure* para intervir junto de Jules Renard a fim de lhe obter um empréstimo: a sua cota na revista permanece por pagar há alguns meses. Após a demissão de Porel, Saint-Pol-Roux candidata-se à direcção do Odéon, tendo por assessores o compositor Gustave Charpentier e o pintor Georges Rochegrosse, Cavaleiro da Legião de Honra, com o objectivo de torná-lo o «teatro dos jovens». Contará com o apoio de «espíritos diversificadamente novos» (Rodin, Tailhade, Rosny, Gourmont, Mirbeau, Bauër, Monet, Jullien, Mallarmé, Puvis de Chavannes, Sainte-Croix, Hervieu, Caraguel, Bergerat, Hennique, Huysmans, Porto-Riche, etc.). Mas no dia 21, o anúncio apressado da nomeação de Marck e Desbeaux põe fim às nobres ambições do «Magnifique».

No dia 9 de Abril, nasce, no número 63 da rua de la Goutte d'Or, o seu primeiro filho, Cœcilian.

É publicado «Silentia», poema em verso, na *Mercure*, mas os sucessivos atrasos no pagamento das respectivas cotas coloca o poeta numa posição delicada perante o director Vallette e perante alguns membros influentes, como Gourmont. Saint-Pol-Roux decide, então, parar de enviar textos para a revista.

Em Julho de 1892, o autor passa as primeiras férias em família, em Camaret. Como durante a sua primeira estada, em Outubro de 1890, a Bretanha parece inspirar Saint-Pol-Roux, que aí compõe muitos poemas.

A 2 de Novembro, Saint-Pol-Roux entrega a Vallette a sua renúncia como editor na *Mercure de France*. Recebe com tristeza a notícia da morte de Georges-Albert Aurier. No dia 10, parte para a Provença, onde passará o Inverno. Em Fevereiro de 1893, o poeta está ainda em Saint-Henri, onde atende ao funeral de Alice Josephine Roux, filha do seu irmão mais velho Joseph e de Jeanne Claire Bassand, nascida a 11 de Julho de 1884 e falecida a 18 de Fevereiro de 1893, a quem dedicou o poema inédito «Alice la Vierge».

Em Abril de 1894, Saint-Pol-Roux publica, no n.º 19 dos *Essais d'art libre*, quatro poemas em prosa sob o título de «Vieilles Tablettes» («L'Armoire à glace», «Gammes», «Flammes» e «L'Echo de la caverne») e, na *Mercure de France*, Charles-Henry Hirsch apresenta o primeiro estudo consistente sobre a obra do poeta.

É, no plano financeiro, um ano muito duro e sombrio, como evidenciado pelo estado de espírito que preside ao poema «Apocalipse». Os seus credores apertam o cerco, e Saint-Pol-Roux tenta, junto de amigos (Gustave Kahn, Vallette...) o empréstimo de algum dinheiro. A 1 de Junho, nasce, no n.º 63 da rua de la Goutte d'Or, de Lorédan, o seu segundo filho. Relativamente a Cœcilian, o registo civil menciona apenas o nome da mãe, e os dois meninos serão batizados oito anos depois, a 6 de Abril de 1902, em Roscanvel.

Em Setembro de 1894, o poeta publica, em *La Revue Blanche*, as suas primeiras «Tablettes» (aforismos e metáforas que estarão no centro de seu trabalho a partir dos finais dos anos 1920). No dia 8, na *Revista de América*, de Buenos Aires, Gómez Carillo dedica um estudo aos «poetas jovenes de Francia», com especial destaque para as obras de Retté, de Régnier e Saint-Pol-Roux.

Em Março de 1895, a família Saint-Pol-Roux deixa Paris e exila-se na Bélgica. No dia 6, o poeta encontra-se em Bruxelas (8, Montagne des Géants), de onde escreve a Charles Gillet: «Preferi a fuga ao ridículo revólver...» Morre por esta altura, aos 85 anos, o padre Laurent Chaillan, pároco de Saint-Henri e mentor do jovem Paul Roux.

Dois poemas em prosa («L'éternel inceste» e «Les accouchées de la vallée»), pertencentes ao terceiro volume de *Les Reposoirs de la procession*, aparecem, em Dezembro de 1895, na segunda edição da revista internacional franco-portuguesa *Arte* (Coimbra), dirigida por Eugénio de Castro (Portugal) e por Louis-Pilate de Brinn'Gaubast (França).

No dia 8 de Janeiro do ano seguinte, morre Paul Verlaine, facto que arranca de Saint-Pol-Roux as palavras «sa mort vêt de deuil la beauté», a sua morte põe a beleza de luto.

No dia 15 de Setembro, Rémy de Gourmont publica «Masque de Saint-Pol-Roux», na *La Revue des Revues*, estudo que orientará por muito tempo a crítica ao trabalho do «Magnifique».

Durante esse mês, a família Saint-Pol-Roux volta a Paris, ao n.º 4 da rua Monge. Em 3 de Março de 1897, morre o terceiro filho do poeta, Magnus, apenas alguns dias depois do seu nascimento. O poema «Lys», datado de 3 de Março de 1897, assinalará o trágico acontecimento.

Em Junho, Saint-Pol-Roux publica o famoso poema «La populaire et symbolique histoire de la Vache enragée», duro poema em prosa no qual a crítica encartada e o *establishment* são visados (dessa altura é também o poema-panfleto «Air de trombone à coulisse»). Por demasiado tempo, o poeta tinha sido confrontado com a recusa dos teatros de representarem as sus peças e com o silêncio ou incompreensão dos críticos.

Em Maio de 1898, novamente enfrentando graves dificuldades económicas, Saint-Pol-Roux envia uma carta a Mallarmé pedindo sua ajuda.

Reza a lenda que no dia 14 de Julho, em Montmartre, uma mulher muçulmana o aconselhou a fixar-se Camaret, um conselho que ele terá seguido logo no dia seguinte. A família Saint-Pol-Roux instala-se, alguns dias depois, num casebre em Roscanvel (mais tarde, o poeta referir-se-ia a essa morada como «la chaumière de Divine», em homenagem à sua filha, que aí nasceria, no dia 28 de Setembro). Amélie, a esposa do poeta, está então grávida de 7 meses.

Em julho de 1901, sai na *Revue d'art dramatique* o artigo «Dramaturgie», no qual Saint-Pol-Roux discorre longamente sobre a sua concepção de teatro.

A 8 de Março de 1901, o poeta envia a Alfred Vallette o manuscrito de *La Rose et les épines du chemin*, que acabará por sair pela *Mercure de France* em Julho do mesmo ano. Camille Mauclair, em *La Nouvelle Revue*, c Gustave Kahn, em *La Revue blanche*, acolhem a recolha dos poemas em prosa. Mauclair consacra um belo estudo a Saint-Pol-Roux num artigo intitulado «Quelques beaux poètes français mal connus» (*La Revue*), e André Beaunier, depois da leitura de *La Rose et les épines du chemin*, afirma, em *La Revue bleue*, que o poeta é simbolista «de uma forma prodigiosa, inaudita».

Em Outubro de 1901, o jovem estudante de medicina Victor Segalen faz uma primeira visita a Saint-Pol-Roux, na sua cabana de Roscanvel. Em Abril de 1902, após a publicação na *Mercure* do estudo de Segalen, «Les synesthésies et l'école symboliste», Saint-Pol-Roux aconselha o jovem médico a endereçar as suas futuras publicações à *Revue*, de Jean Finot, mas também a não negligenciar a *Revue blanche* e a *Mercure*. A correspondência entre estes dois grandes poetas será uma constante quase até à morte de Saint-Pol-Roux.

Em Outubro de 1904, sai, de novo pela *Mercure de France*, *De la colombe au corbeau par le paon*. Em Dezembro desse ano, o poeta Francis Jammes agradece a Saint-Pol-Roux o envio de *De la colombe au corbeau par le paon*: «O seu livro é de tal forma belo que vou guardá-lo na minha exígua biblioteca, e numa estante reservada a muito poucos, na mesma prateleira onde constam La Fontaine, Rousseau, Cervantes e alguns raríssimos modernos, como Maeterlinck, Rimbaud, Gide e Claudel.»

Em finais de Junho de 1907, vê a luz do dia *Les Féeries intérieures*, terceiro volume de *Les Reposoirs de la procession*, nova série.

No mês seguinte, o poeta recebe a visita dos poetas sul-americanos Rubén Dario e Ricardo Rojas, que se hospedam na pensão *La Pagode*, localizada em Quelern. Em Agosto, Saint-Pol-Roux recebe uma carta de Gide, que lhe agradece o envio do volume recém-editado e o repreende pelo seu longo silêncio. O poeta responder-lhe-á no dia 24. Em Setembro, Constantin Lahovary-Soutzo e Francis de Miomandre tecem rasgados elogios a *Les Féeries intérieures*, na *La Phalange* e no *L'Art moderne*. Em Novembro, Jean de Gourmont faz a recensão de *Les Féeries intérieures* na *Mercure de France*, e o poeta belga Grégoire Le Roy debruça-se sobre o volume e relembra os tempos de *La Pléiade*. No mês seguinte, Pierre Nothomb publica uma calorosa crítica da colectânea no *Durendal*.

Cada vez mais desiludido com o acolhimento que os seus pares (salvo algumas honrosas excepções que procurámos realçar) rendiam à sua obra, e de novo assolado por graves dificuldades financeiras (algo que foi uma constante em toda a sua vida), o poeta só excepcionalmente se desloca à capital. Encantado com a Bretanha e com os seus habitantes, o poeta manda construir paulatinamente, a partir de 1905, talvez com a soma que lhe coube do pagamento dos direitos autorais de *Louise*, a ópera de Gustave Charpentier cujo libreto escreveu), um casarão sobre Camaret-sur-mer.

No dia 3 de Agosto de 1914, a Alemanha declarou guerra à França. Cœcilian e Lorédan, os dois filhos mais velhos de Saint-Pol--Roux, alistam-se e são enviados para a frente. O poeta de 53 anos pede para ser incorporado no exército, mas o seu pedido é rejeitado.

A morte em combate de Cœcilian é um golpe demasiado duro. Depois da guerra, o poeta e a sua obra são votados ao esquecimento pelos seus contemporâneos.

Embora o último volume de Saint-Pol-Roux remonte a 1907, o escritor continua a escrever e a acumular manuscritos de poemas e dramas. Persegue igualmente a estruturação do seu pensamento ideo-realista, encontrando em algumas descobertas científicas e recentes inovações tecnológicas (energia, rádio, ondas eletromagnéticas, cinema) materiais para guiar a poesia moderna. Desenvolve uma teoria da Palavra segundo a qual a poesia deve deixar o livro e elaborar um novo mundo: é a «Re Poética». Por essa altura, compõe a obra polifónica *Synthèse légendaire des pêcheurs de Camaret*, que apresenta como sendo a ilustração desse novo fazer poético.

Em Setembro de 1923, o poeta recebeu a visita de André Breton, que o reconheceu como mestre e precursor do surrealismo nascente. Em 9 de Maio de 1925, os surrealistas prestam-lhe um tributo unânime em *Les Nouvelles Littéraires*. Dois meses depois, o banquete com que é homenageado no *Closerie des Lilas* provoca a ruptura entre o poeta e os seus jovens admiradores.

Saint-Pol-Roux retorna de novo ao silêncio de Camaret para se dedicar ao seu trabalho futuro. Embora retirado, o poeta contribui, ainda assim, em alguns eventos: participa, por exemplo, nas celebrações do cinquentenário do simbolismo e torna-se presidente da Academia Mallarmé.

Em 1939, publica um poema protestando contra o destino reservado aos judeus da Alemanha, composto seis anos antes e dedicado a Albert Einstein: *La Supplique du Christ*, pela editora Debresse. No ano seguinte, os nazis entram na Bretanha. Na noite de 23 para 24 de Junho, um soldado alemão invade a casa do poeta, mata a criada Rose, imobiliza Saint-Pol-Roux e fere e viola Divine, que terá de ser hospitalizada em Brest. Algumas semanas mais tarde, a casa de Saint-Pol-Roux é saqueada pelo exército alemão, e muitos dos seus manuscritos, a maioria não publicados, são queimados, rasgados ou espalhados no pântano. «Le Magnifique», «Le Mage de Camaret», morre a 18 de Outubro de 1940. De desgosto.

OBRAS DE SAINT-POL-ROUX

(publicadas em vida do autor)

Sob o pseudónimo de Saint-Paul de Roux:

- *Raphaëlo le pèlerin*, drama em três actos, precedido por um prólogo, na forma de um fac-símile de um manuscrito autografado, Paris, Impressão de H. Olivier e C. Devilliers, 1879.
- *Raphaëlo le pèlerin*, drama em três actos em verso, precedido por um prólogo, nova música de D. Trave, Livraria Pinet (Marselha), Livraria Josserand (Lyon), 1880.

Sob o nome de Paul Roux:

- *Maman!*, ingenuidade em verso, Paris, Ollendorff, 1883.
- *Garçon d'honneur!*, odisseia em verso, desenhos de Ricaud, Paris, Ollendorff, 1883.
- *Poète!*, cena dramática em verso, Paris, Auguste Ghio, 1883.
- *Un drôle de mort*, entremez de comida, Paris, Auguste Ghio, 1884.
- *Rêve de duchesse*, balada, Paris, Auguste Ghio, 1884.
- *Rêve de bébé*, utopia em verso, Paris, Auguste Ghio, 1884.
- *La Ferme*, peça num acto, Paris, Auguste Ghio, 1886.
- *Lazare*, poema, Paris, Tipografia de Alcan-Lévy, 1886.

Sob o pseudónimo de Saint-Paul Roux:

- *Sabalkazin ou la punition du sorcier*, libreto da ópera cómica sobre uma música de Vincent Fosse, composto em 1888 e inédito até à sua publicação no *Bulletin des amis de Saint-Pol-Roux,* n.º 5–6, outubro de 2015.
- *Bouc émissaire*, poema, Paris, Impressão de *La Vie Moderne*, 1889.

Sob o pseudónimo de Saint-Pol-Roux:

- *L'âme noire du prieur blanc*, lenda ingénua, Paris, Edição da *Mercure de France*, 1893.
- *Épilogue des saisons humaines*, drama, Paris, Edição da *Mercure de France*, 1893.
- *Les Reposoirs de la procession*, primeiro volume, Paris, Edição da *Mercure de France*, 1893. [Edição com 537 cópias: 500 cópias em papel de luxo; 20 cópias na Holanda; 10 cópias no Japão imperial e 4 cópias na China; 3 cópias em papel *Whatman*].
- *La Dame à la faulx*, tragédia, Paris, Société du Mercure de France, 1899.
- *Les Reposoirs de la procession I: La Rose et les épines du chemin (1885–1900)*, Paris, Société du Mercure de France, 1901. [Desta obra foram tiradas sete cópias em papel da Holanda, numeradas de 1 a 7].
- *Anciennetés*, poemas, Paris, Société du Mercure de France, 1903.
- *Les Reposoirs de la procession II : De la colombe au corbeau par le paon (1885–1904)*, Paris, Société du Mercure de France, 1904. [Desta obra foram tiradas sete cópias em papel da Holanda, numeradas de 1 a 7].
- *Les Reposoirs de la procession III : Les Féeries intérieures (1885–1906)*, Paris, Société du Mercure de France, 1907. [Desta obra foram tiradas sete cópias em papel da Holanda, numeradas de 1 a 7].

- *Oraison funèbre de Madame Rosalie Dorso, decana de Camaret*, Châteaulin, Impressão de A. Corcuff, [4 de setembro] de 1909.
- *La France immortelle*, página semanal, n.º 1, «Salut à la France immortelle», 8 de Outubro de 1914, Brest, Impressão: Société anonyme de l'Union républicaine du Finistère, 1914. [Director-geral: Saint-Pol-Roux].
- *La France immortelle*, página semanal, n.º 2, «Prophéties sur la guerre», 15 de outubro de 1914, Brest, Impressão: Société anonyme de l'Union républicaine du Finistère, 1914. [Director-geral: Saint-Pol-Roux].
- *La France immortelle*, página semanal, n.º 3, «La Belle et la Bête», 22 de outubro de 1914, Brest, Impressão: Société anonyme de l'Union républicaine du Finistère, 1914. [Director-geral: Saint-Pol-Roux].
- *La France immortelle*, página semanal n.º 4, «Hommages», 29 de outubro de 1914, Brest, Impressão: Société anonyme de l'Union républicaine du Finistère, 1914. [Director-geral: Saint-Pol-Roux — contendo: «Voici les Gâs»", «Sous les cloches de la Toussaint», «Hymne à la Bretagne»].
- *La France immortelle*, página semanal, n.º 5, «La nuit des âmes (mystère populaire)», 5 e 12 de novembro de 1914, Brest, Impressão: Société anonyme de l'Union républicaine du Finistère, 1914. [Director-geral: Saint-Pol-Roux].
- *La France immortelle*, página semanal, n.º 6, «Le cœur», 3 e 10 de dezembro de 1914, Brest, Impressão: Société anonyme de l'Union républicaine du Finistère, 1914. [Director-geral: Saint-Pol-Roux].
- *La France immortelle*, página semanal, n.º 7, «Présages et hypothèses sur la guerre», 17 e 24 [?] de dezembro de 1914, Brest, Impressão: Société anonyme de l'Union républicaine du Finistère, 1914. [Director-geral: Saint-Pol-Roux].
- *La France immortelle*, página semanal, n.º 8, 7 e 14 de janeiro de 1915, Brest, Impressão: Société anonyme de l'Union républicaine du Finistère, 1915. [Director-geral: Saint-Pol-Roux — contendo: «Le père noël aux blessés», «Saint Nicolas des Ardennes», «Par ordre», «Leur gâteau des rois», «Poèmes de France» (sob a direcção de S.-P.-R)].

- «God bless you, my boys!», (Homenagem aos militares dos Estados Unidos da América), poema, com tradução para inglês do Prof. P. Nicolas, Brest, Impressão: Dépêche de Brest, 1919.
- *Pour l'église paroissiale de Camaret-sur-mer*, [plaqueta], Camaret-sur-mer, [4 de setembro] 1926.
- *Le tombeau de Jean Cras*, [plaqueta], Brest, Impressão: Dépêche de Brest, 1932.
- «La Randonnée», ilustrado por Saïk, em *La Revue de l'Ouest*, 2.º ano, agosto de 1932. [«La Randonnée» ocupa toda a edição, 32 páginas].
- «La Mort du berger», poema dedicatória, Brest, André Broulet, 1938.
- *La supplique du Christ*, Paris, René Debresse, 1939. [Na capa, o nome do autor é seguido pelas palavras: «Mallarmé Academy»].
- *Appel des canotiers du taï aux hôtes de Camaret* [plaqueta], Camaret-sur--mer, Société centrale de sauvetage des naufragés, [20 de agosto de 1939].

Sob o pseudónimo de Daniel Harcoland:

- *Les personnages de l'individu*, monodrama, traduzido do inglês por Arthur-Thomas Sheffield, Paris, L. Sauvaitre, 1894.

Algumas publicações póstumas importantes (unicamente em língua francesa):

- *Bretagne est univers*, Brest, André Broulet, 1941.
- *Florilège*, Saint-Pol-Roux, ilustrado por Mathurin Méheut, recolha de Anne-Marie e de Jacques Gérard, Querqueville, L'amitié par le Livre, 1943.
- *Anciennetés*, seguido de uma recolha de *Les Reposoirs de la procession*, prefácio de Paul Eluard, introdução de André Rolland de Renéville, Paris, Éditions du Seuil, col. «Le don des langues», 1946.

- *Août — Poèmes, illustrés par Georges Braque*, Paris, Louis Broder, 1958.
- *Saint-Pol-Roux*, por Alain Jouffroy, Paris, Mercure de France, col. «Les plus belles pages», 1966.
- *Le Trésor de l'homme*, prefácio de André Pieyre de Mandiargues, seguido de *L'œuvre en miettes de Saint-Pol-Roux*, por Gérard Macé, Mortemart, Rougerie, 1970.
- *La Répoétique*, prefácio de Raymond Datheil, seguido de «Le poème du monde nouveau», de Gérard Macé, Mortemart, Rougerie, 1971.
- *Cinéma vivant*, precedido de *L'empire du soleil*, de Gérard Macé, Mortemart, Rougerie, 1972.
- *Vitesse*, precedido de *Une définition sans fin*, de Gérard Macé, Mortemart, Rougerie, 1973.
- *Les traditions de l'avenir*, Mortemart, Rougerie, 1974.
- *Saint-Pol-Roux — Victor Segalen*, Correspondência, prefácio de Anne Joly-Segalen, Mortemart, Rougerie, 1975.
- *La transfiguration de la guerre*, seguido de *Lettres à Edison, à son Excellence M. Woodrow Wilson, au Premier Lord de l'Amirauté britannique*, Mortemart, Rougerie, 1976.
- *Genèses*, Mortemart, Rougerie, 1976.
- *La Randonnée*, Mortemart, Rougerie, 1978.
- *De l'Art Magnifique*, seguido de *Réponses" e de "Petit traité de déshumanisme*, Mortemart, Rougerie, 1978.
- *Le tragique dans l'hommeI*: Monodramas (dramaturgia — *Les personnages de l'individu* | *Les saisons humaines* | *Tristan la Vie*), Mortemart, Rougerie, 1983.
- *Le tragique dans l'homme II*: Monodramas (*L'âme noire du prieur blanc* | *Le Fumier*), posfácio de Jacques Goorma, Mortemart, Rougerie, 1984.
- *Idéoréalités (1895–1914)*. Versos e Prosa, edição fixada por Alistair Whyte e Jacques Goorma, prefácio de Jacques Goorma, Mortemart, Rougerie, 1987.
- *Vendanges*, texto fixado e apresentado por Yves Sandre, posfácio de Jacques Goorma e de Alistair Whyte, Mortemart, Rougerie, 1993.

- *La Rose et les épines du chemin (Les Reposoirs de la procession I)*, prefácio de Jacques Goorma, Paris, NRF, col. «Poésie/Gallimard», 1997.
- *Les ombres tutélaires*, seguido de *Tristan la Vie* (versão inédita), precedido de *Un espoir déchirant*, de René Rougerie, Mortemart, Rougerie, 2005.
- *Litanies de la mer*, precedido de *Pour une cathédrale du Verbe*, de René Rougerie, Mortemart, Rougerie, 2010.